KB118038

투명한 것과 없는 것
김이듬 시집

문학동네시인선 204 김이듬
투명한 것과 없는 것

시인의 말

가진 게 없지만
시와 함께라서
제 삶은 충만하고 행복했습니다
어제 시골의 한 회관에서
이십대 신인의 수상 소감을 들었다
눈물이 났다
나만 이상하게 살아가는 건 아니다

2023년 11월
담양 글을낳는집에서
김이듬

차례

1부

여기 내 살갗의 무늬가 있다

입국장

미국 국적 친구를 기다린다
심야 공항 터미널은 지나치게 환하다

그녀에게 이 도시를 어떻게 소개할까

순수하기 때문이 아니라, 복잡하고 불완전하며
폐허가 된 건물들의 더미이기 때문에 사랑한다고
파무크처럼 고백할 수 있을까

맞은편 의자에 앉아 통화하는 사람은 미소를 띤다
왼쪽 옆으로는 불매운동중인 제과업체의 체인점이 있다
빵공장 기계에 끼여 숨진 노동자의 얼굴이 어른거리고
플라스틱 빵처럼 내 표정은 굳어 있다

밝은 조명 아래 내 우울이 드러나는 게 싫어서
습관처럼 깊이 눈을 감는다

날카로운 비명소리가 습격한다
밀려내려가다 꼼짝없이 매몰되었던 사람들
필시 친구는 알고 있을 텐데
이미 소셜 미디어를 통해 경악했을 텐데

자동차공장에서 일하는 친구는

그 도시가 더이상 자동차의 도시는 아니라고 했다
파산 직전의 공장들과 슬럼가를 찍은 사진을 보내왔었다

그녀에게 나는 이 도시를 어떻게 설명할까
자동차가 아닌, 사람의 도시라고
최소한 총성이 울려퍼지지는 않는다고 덧붙일까

자질구레한 것들을 치운 내 방에 그녀의 잠자리를 만들
었고
베지테리언 식당도 알아봤지만

말할 수 없겠지
내가 사랑하는 도시라고

트렁크 끌고 공항철도를 타며
말해야 할까
화장실에서는 불법 촬영을 조심하라고

알려줄 것들이 조각케이크처럼 부드럽고 달콤하기만 하
다면
이즈음 나는 어두운 방에 나를 가둔 채 발작하지 않았겠지
신경안정제 부작용인지 부은 얼굴로 너를 마중하러 나오
지는 않았겠지

네가 예민한 건 아니야
친구가 와서 나를 안아주면
환영한다는 말을 잊지 말아야지

폐가식(閉架式) 도서관에서

쥐들에게 사랑이 있다잖아.
실험을 해봤대.

그렇다면 인간에게도 사랑이 있을지 모르지.

사랑은 인류를 위협하고 통제하는 오래된 책일지 몰라.

읽어봤어?
어쩌면 삶에 의미가 있을 수도 있겠다.

그 책은 공개하지 않는대. 어디 있는지 사서들도 모를걸.

나는 겹낫표처럼 생긴 귀를 움직이며
아무 의미 없는 문장을 받아 적는다.

법원에서

지문이 일치하지 않습니다

떼야 할 서류가 있는데
무인 발급기가 나를 식별하지 못한다
내 살갗 무늬가 나의 단서를 갖고 있지 않다

나는 엄지손가락을 세우고 나를 확인한다
나는 나를 떠나버린 것 같다

"잠시만 안고 있어"
제 아이를 내 품에 안겨놓고 돌아오지 않는 여자처럼

비가 오니까
피부가 촉촉하게 팽창해서
내 지문이 변했을지 모른다
빗길에 중앙선을 넘은 트럭처럼 나는 나로부터 잠시 미끄
러졌는지 모르겠다

이탈한 내가 돌아오기를 기다린다
민원실에서

의자를 당겼는데 테이블도 움직인다
분리불안을 느끼는 관계처럼

신체와 영혼처럼
의자와 테이블이 일체형이다
버릴 때는 폐기물 처리비 납부필증을 한 장만 붙이면 되
겠지

지문이 일치하지 않습니다

가족관계증명서를 떼야 하는데
나의 여부를 알 수 없다

봄비가 오니까
사람들은 미래처럼 외로워서 자아라는 존재를 발명한다
어린 나를 더 어린 내게 던져두고
사라진 엄마를 미워할 수 없는 나이가 되었다

뮤즈

너에게 뮤즈가 있느냐
뜨내기 같은 사람아
연인이냐, 아버지냐
또는 배우자냐
—나는 연인도, 아버지도,
   남편도 없습니다

나의 뮤즈가 되어다오
—당신이 지금 한 말에서 뮤즈는 그 옛날 신화에 등장하
   는 여신을 뜻하는 걸까요
   그 뭐, 오늘날 뮤직과 뮤지엄의 어원이 되는

너는 왜 딴청이냐, 예술가에겐 영감 주는 존재가 필요한
걸 모르냐
   아니, 넌 자유분방하고 대담한 줄 알았는데……
   아니 에르노에게 외국인 유부남과 서른 살 연하 청년이
있었듯이……
   —저는 필요 없습니다 아마추어처럼 뮤즈 타령 마세요

그래? 그럼 너는
대관절 무얼 어떻게 창작하느냐
요즘 어렵다던데……
일단 이 봉투부터 받고 이야기 좀 더 하자

—가족분께 드리세요

　할말 없으니 꺼져주세요

이 씨발년이

간절기

유리창을 닦는다
안에서 닦고 밖으로 나가서도 닦는다

유리창을 유리창이 없는 것처럼 닦아놓으면
새가 부딪혀 죽는다
사람의 얼굴이 깨지기도 한다

이목구비 안쪽을 닦는
수양이 중요하지
교양 높은 이들이 나에게 팁을 주었다
코뼈 부러지고 뺨이 찢어져봐도 이런 말 할까

커다란 창이 있는 호텔 라운지형 카페에서
나는 주말에만 아르바이트한다
바깥 사람들은 상스럽게 부채질하며 말다툼하고
안은 쾌적하지만 약간 춥다며 붙어앉는 이들도 있다
내부 적정 온도에 어울리는 이들이 주요 고객이다
조금 싼 데가 생기면 옮길 거면서

오늘은 아는 사람과 마주치지 않기를
모든 사물과 사람들이 가진 양면성에 관해 생각한다
투명한 것과 없는 것을 혼동하지 않을 때까지

여름과 여름 사이의 시간이 부서진다
잔상과 전조가 먼지처럼 혼합된다

리얼리티

해변으로 떠내려온 나체가 있다
익사체를 구경하는 사람이 있다

정말 진짜 같아

누가 사람인가

단골 술집에서 나온 사람이 눈밭에 쓰러진 사람을 보았다
이 세상에 믿을 게 없어요
이것은 노래인가 아우성인가

지하철 알루미늄의자에 앉아 그는 외국에서 올 여자를 상
상한다
무료배송으로 도착할 진짜 여자의 촉감을 기대한다
인터넷 쇼핑몰 뒤져 걸스카우트 유니폼을 고르고 있다
말을 하는 여자는 피곤해

지난번 여자는 해변에 데려가서
여섯 개의 조각으로 손쉽게 버렸다
분리수거 봉짓값을 벌었다

저지대

나는 남은 얼음을 입에 털어넣는다
공터 구석에 테이크아웃 커피 컵을 투기할까 망설인다
이미 쓰레기가 쌓여 있으니까

"기후 재난은 가난한 나라에서 더 자주 발생하는 것 같아"
걸으며 뉴스를 보던 네가 한숨을 쉰다
나는 휴대폰으로 튀르키예 위치를 찾아본다
형제 국가라는데 나는 몰랐다
지진이 난 나라가 가난하면 복구 과정도 더디다

가난한 시민이 더 변두리로 이동하듯
천재지변도 생활 여건이 열악한 지역에 집중되는 건 아
니겠지
매일매일이 잠시의 소강상태처럼 느껴지는 건 아니겠지

다시 우리는 배드민턴을 친다
작은 공터의 해거름 시각
너는 자꾸 빈 곳으로 셔틀콕을 보낸다

빈 곳엔 결여가 모기처럼 붐비고
너의 이 사이와 이 사이에서 휘파람 소리가 나온다

잇몸을 보이며 너는 할머니처럼 웃는다

"너 망했다 저번보다
이가 더 듬성듬성하다니까"
"썩은 어금니 두 개 뺐더니
그 빈자리 메우려고 다른 이들이 이동하나봐"

세상이 우리에게 쓰레기를 갖다 버리는 기분이다
내 마음에 처치하지 못할 오물들 쌓여 있어서

'치과 보철 비용은 비싸고 과정도 더디겠지'
하나 마나 한 말은 삼키고 어두워지는 하늘을 본다
먹구름이 수재민 천막 위로 이동하고 있다

"배고픈데 뭐든 먹으러 가자"
배가 비어서 사거리가 슬픈 걸까
어떤 공복감은 불안으로 분노로 이동한다

네가 사는 동네는 상습 침수 지역이지만
우리 마음이 이따금 물바다인 건 사실이지만

도피하는 건 아니다
손잡고 건널목을 달려 가로지른다

덤프트럭들이 여름을 싣고 매립지를 향해 간다

불을 빌리러 온 사람

그는 가족과 연락이 끊겼지만 관계 단절을 증명 못해 기
초 수급 혜택도 못 받는다

그는 반지하 단칸방에 산다
그는 옥탑 단칸방에 산다
그는 절벽에 서식한다

그는 밥 대신 술과 약을 먹는다
절망이 주식이다

그는 일용직 노동자다
그는 작가다

지저분한 밤의 골목 끝이었다 수거함이 있었다 사람들이
피해 가는 구석이었다 그는 나를 누나라고 불렀다 세상이
무섭다고 했다 그의 조난신호를 나는 분진처럼 털어냈다 오
래전이었다 이후에 그를 볼 수 없었다 토막난 소문들이 흩
어졌다 단박에 내가 그를 판단한 잘못은 마음의 층리로 가
파르다 시간이 실어가지 않는다

적도 될 수 없는 사이

극장에서 나왔을 땐 이월이었다
저녁이었다
홍대 앞이었다
청년들이 많았다
리어카에 막걸리를 가득 싣고 가는 아저씨가 있었다
여전한 것은 안도감을 주었다
콜센터로 현장실습 나갔다가 자살한 여고생의 사건에 관
해 이야기하며 걸었다
근로기준법과 정치에 관해서도
나는 배두나가 좋았다
우리는 비슷한 검정 외투를 입고 있었다
밥을 주문하고는 대통령에 대해 이야기했다
서로를 어느 정도 안다고 생각했지만
낱낱이 보지 않고 대충 얼버무려 짐작했을 뿐
그사이 우리는 정치적 입장을 말해보지 않았다는 것을 알
았다
차이 때문에 서로를 죽이는 어리석은 어른처럼 굴었다
짜장면 소스에서 바퀴벌레 반쪽을 발견했다
한 그릇의 문제는 아닐 것이다
찌그러진 양동이만한 마음의 검은 소스를 휘저어보면 컴
컴한 심연 도처에 우글거리는
안에서 나는 끌려 나왔다

다행은 계속된다

1

지갑을 찾았다니 다행이다

너는 땀을 닦으며 명함만한 종이를 꺼낸다
쿠폰 열 장 붙였으니 무료 커피 한 잔이야
다행히 잃어버리지 않았어

카페가 문을 닫지 않은 것도 다행이다

입버릇처럼 너는 말하지
다행이라고

다행은 행운이 많다는 뜻이기보다
위기를 모면한 이의 탄식처럼 들려

유리잔을 카운터에 갖다준다
일을 놀이처럼 하면 힘들지 않다고 말했던
사람은 이 카페를 그만두고 잘 살고 있을는지

  다행을 열 개 모으면 행운을 한 개 주는 가게가 있으면 좋
겠다

2

현관 방충망을 붙이느라
땀을 쏟았다
문을 열어둔다
바람이 들어온다

도둑이나 강도가 들어오면
어쩌지
대책 없겠지

책을 보며 너는 중얼거린다
그나마 다행이야
둘이 있잖아

조금 열린 문으로 들어가 성폭행한 사람의 뉴스를
나는 말하지 않았다
아파트 엘리베이터에서 이웃 여성을 무차별 폭행한 사람
의 기사를
네가 말한 후에도

방충망이 불룩해진다
창문 하나 열었을 때와는 차원이 다르다

언니가 와서 다행이야
열대야지만 문을 열 수 있어서 다행이야

그나마라는 부사는 생략하자
최악은 아니니까 더 나쁠 수도 있었겠지만

혼자 있을 땐 현관문 열지 말고 잘 잠가

모터가 망가진 선풍기가 갑자기 움직인다
선풍기 날개가 바람개비처럼 돌아간다
고장난 전자제품에서 추억의 장난감으로 바뀐 것 같다

잘 때는 문을 닫아야겠지만
다행히 장마전선이 오고 있다

사랑의 역사

사람들은 숲 가까이 살길 원한다. 마치 사람들이 바닷가에 살고 싶어하는 것처럼.

아침 바다로 고깃배들이 나갈 때 산책자들은 주택가를 벗어나 일렁이는 숲으로 간다.

인간은 모두 흙이나 바다에서 왔다고 믿는 사람들이 있지만, 그 누구도 기원을 기억할 수 없다.

모래를 씻으려다 이안류에 휩싸인 노인은 바닷가에서 여든 해 넘게 살았던 이. 사람은 잘 안다고 생각한 것 때문에 죽곤 한다.

바다에서 목숨을 잃은 이들을 위해 제를 올리는 해변 마을 너머 죽은 새끼 범고래의 주변을 떠도는 어미 범고래처럼 그 여자는 숲으로 갔다.

어린 여자아이가 숲에서 울고 있었다.

여자는 아이에게 물었다. 왜 혼자 숲속을 헤매느냐고.

아이는 집에서 키우던 거북이를 숲속 연못에 놓아주었는데, 그 연못을 찾을 수 없다고 했다.

자홍빛 해가 공중에서 움직이고 있었다. 여자는 머리에 쓰고 있던 수건을 벗어 아이의 눈물을 닦아주며 말했다.

애야, 그 연못은 메워졌단다. 구청에서 나온 사람들이 그 자리에 동산을 만들고 시비를 세웠거든. 네가 찾는 거북이는 더 넓고 아름다운 바다로 갔을 거야.

마음에 없는 말이 여자의 입술에서 흘러나왔다. 마음에 없던 소리는 어디서 발생하는 걸까.
아이와 여자는 목이 말랐다. 물을 사러 숲 바깥으로 나가야 했다. 여자는 아이에게 물었다.
집이 얼마나 멀리 떨어져 있는지, 어떻게 여기까지 왔는지.

여자가 아이만큼 어렸을 적에 그녀는 숲에 버려졌었다. 아버지 얼굴을 본 적 없이 엄마 손에 자라던 소녀는 어느 날 숲에서 엄마를 잃어버렸다. 오른쪽 눈을 실명한 이의 왼쪽 눈처럼. 누구나 숲에서 무엇인가를 잃어버린 기억을 갖고 있는 것처럼.

엄마는 결혼해서 아이 몇을 낳았을까. 마음이 없어도 배가 고프지. 세상으로 밀려나가야 할 때가 오지.

사람들은 숲 가까이에 살기를 원한다. 그곳에 가면 물결

치는 새소리와 맑은 공기를 열고 잃어버린 자신을 만날 수 있다는 듯이. 하지만 망각의 은총을 피한 사람 중에는 살기 위해 숲을 떠나야 하는 이가 있다.

2부

우리의 몸속엔 각자의 바다가 있다

시린 소원

　모래밭을 걸었다. 서두르지 않고 천천히, 바닷물에 발을 담근다. 형제여, 내게 손을 다오. 나는 두툼한 바지를 접어 올리며 주변을 둘러본다. 햇볕에 그을린, 산호 목걸이를 한 아이가 내게 하는 말인 줄 알았다.

　형제여, 내게 손을 다오. 나는 평행봉을 잡은 것처럼 공중으로 몸을 들어올렸다. 즉시 바닷물에 빠졌다. 팔꿈치로 바닥을 누르며 자주 쓰지 않는 손과 자주 쓰는 손을 교차하여 파도와 악수했다. 나는 두툼한 털옷처럼 무거워졌다. 내게 손을, 멀찌감치서 쓰레기를 줍는 노인이 내게 하는 말도 아니었다. 바다가 내게 발을 담그지 말고 손을 달라고 말할 리는 없는데. 사랑하는 것은 발아래서 빛난다.

　내 평생 바다는 발부터 담그는 곳이었다. 목욕탕 온탕에서도 그랬다. 야자수가 목을 매달려는 원주민에게 차라리 목에 화살을 맞고 죽는 편을 택하라고 말했다는 소문을 들은 적 있지만 바다가 내게 언짢은 소리를 할 리는 없다.

　파도를 보면 물러서는 사람과 텀벙 들어가는 사람, 그 자리에 서 있는 사람으로 나뉜다. 한 아이가 뒷걸음친다. 모녀는 아무도 없는 해변을 기대했다고 한다.

　자식이 자신보다 빨리 죽기를 바라는 부모가 있다는 걸 아세요? 바닷가에 앉아서 혼자 떨며 멀어지는 소리를 듣는다.
손목을 잃은 소녀가 자라 바다를 처음 볼 때

발과 손을 너무 구분하는 거 아닙니까? 발로 인사를 하면
안 됩니까? 말이 어눌하다고 마음까지 모자란 게 아니며 발
로 밥을 먹는 게 우습습니까? 나는 발이 손보다 하찮거나
더럽다고 생각하지 않아요. 손바닥과 손가락이 강압적인 활
동과 회전에 좀더 용이할 뿐이죠.

형제여, 내게 손을 다오. 기차역 앞에서 형제가 손을 내민
다. 주말의 장례식장에서도, 전망대에서도. 비상계단 아래
에서도 손을 잡는 걸 피하고 싶다. 해변의 떠돌이 개처럼 발
을 드리면 안 될까요? 엄마가 내 손을 잡고 높이 들어올렸
다가 놓은 그날, 나는 파악했다.

땅에 파묻어놓고 별이 되었다고 말하지 마세요.

발밑에는 바위가 돋고 쏟아진 알약들이. 저애가 나보다
하루라도 일찍 죽는 게 제 소원이죠. 중증 장애인 자식을 둔
여인이 내 팔을 잡고 놓아주지 않는다. 소녀가 처음 본 파도
를 유리처럼 밟고 있다.

십일월

차라리 저수지에 몸을 던지겠어

마음이 지는 소리를 듣는다

나무가 씨앗의 기억으로 자란다면
나는 떠날 수 있기만을 꿈꾸었다
뿌리를 뻗어 이동하는 데는 한계가 있었다

잎을 통해 햇살을 열망했던 나무가
셀 수 없는 잎사귀들을 멀리 보낸다

추락하는 마음의 소리를 듣는다

나는 활엽수 같아서
손바닥만한 마음을 가졌구나
셀 수 없이 많은
알 수 없이 좀스러운

매년 나는 환희의 나무에 관하여 쓰려고 했으나
몇 번이나 실패했다

이제 내 마음은 낙엽 되어 바스러진다
말라비틀어진 채 나무에 붙어 있기가 부담스러웠을 것

이다

처음 날아본다 나무는
낙엽의 형식으로
자신으로부터 가장 멀리 갈 수 있다
환희와 슬픔이 섞인 모순적인 마음으로

낙엽은 나뭇잎의 본색이다
겉보기만 화려하지
아무것도 남은 게 없는
내 마음

나는 너를 끊어낸다

낙엽이 물속에 가득하다
가물가물한 노래의 후렴구처럼

저속

나는 저속하는 인간이지만
저속함을 싫어한다

마치 과속하는 사람이
난폭 운전 하는 사람을 싫어하듯이

기표와 기의 구별하기는 습관이고
인파 속에서 안면을 인식하는 건 기능이다

우연히 다시 마주친 네가
운다

언덕길에서
눈물 흘린다

기뻐서 우는 거야
너는 말하며
눈을 깜박거린다
노란 헬멧 위로 빛 방울 떨어진다

평생 난 기뻐서 운 적 없어

대종상영화제 같은 데서

배우가 우는 걸 화면으로만 봤지

기쁨의 눈물은
유난히 둥글고 크며
빛난다

벚나무에서 흰 꽃잎들
젖은 얼굴 위로
떨어진다

마담 퀴리처럼 자전거로
허니문 떠나자고 했던가

사람이 빚은
물방울은
꽃이 아니라서
다행이다

눈물샘에 생성된
물 알갱이가
진주가 아니라서
다행이다

떨어지며 깨지는 원형
보관할 수 없지
과시할 수 없지

영원히 눈을 떠야 하는 날까지
눈물을 생산하는
신비랄까 자질이랄까

우리의 몸속엔 각자의 바다가 있다
바다와 눈물의 염분 농도는 같아서
마음의 풍랑에 눈물이 솟구친다

네가 눈을 깜박이는 동안
너는 나의 등대 같아서
서로를 찾아올 수 있을 거야

다시 우리는 강을 따라 페달을 밟는다
각자가 가던 대로

너는 백팩 고쳐 메고 상류 방향으로
나는 바다 가까이
해가 지는 쪽으로
저속으로

숙달된 후엔
이게 어렵지
막 내달릴 수 있는데
안 달리는 거

타기 싫어져서 끈다
바퀴가 굴러가지만
무겁고 성가시다
너를 태우고 갈 때처럼
가벼울 수 없다

카프리치오

사랑은 가장 짧은 문장으로 정의할 수 있는 음악 용어

그러니 얼마나 어이없는 일이에요
너는 걸으며 셔츠 소매를 반쯤 접어 올렸다

계절과 계절 사이로
미온의 바람이 불었다

거리의 모든 문이 열려 있는 것 같다

닫을 수 없는 마음은 죽은 마음

뒤돌아보지 않았다
차갑거나 뜨거워야 했던 날들은 지나간 것이다

심장을 물어뜯는 말을 하거나 도살당한 고기를 축내며 잔
을 비우는 실수를 반복하지 않을 것 같다

같다는 말은 자각하지 못한 이기심과 유사하다

확신 없는 말과 단조로운 길을 선택하고 간절한 감정을
배제한다

이를 악물고
나는 문에 매달려 문을 찾느라 헤매고 있다는 것을 자각
하지 못했다

막힌 골목에서
고양이가 어린 고양이를 물고 간다

자각몽

말을 하는 대신 편지를 썼다

말하는 대신 음악을, 조각을, 춤을
대개는 예술 한다고 하지

대개는 일장춘몽이라고 하지
짧고 즉흥적인 연애가 가능할까

꿈은 찌뿌둥하다
갈아넣는다고 하지

영혼이 질료가 되어
어쩌고

영혼 영혼 하는 놈치고
말을 앞세우지 않는 놈 없어

티켓을 사지 않지
무대 뒷얘기에 관심이 많거든

극장 옆엔 카페가 수두룩하고
음악이 랜덤으로 재생된다

소개받은 사람과 마주앉았다
집에 누워서 조각을 보는 기분이다

생생한 생각은 결여된다
자몽을 살짝 넣은 자몽에이드처럼

저녁의 모방

그것을 하지 않으면 범죄라고 말하는 이곳은 그것 수행자들로 넘쳐난다

그것은 법이다 그것을 해야 식량도 팔고 드레스랑 턱시도도 팔고 무기도 팔고 공장과 병원 국가도 돌아가니까

그것 안에서 일어날 법한 일이 일어나고 일어날 법하지 않은 일은 끝없이 은폐한다 현실은 비현실적으로 기상천외한 법

너는 부끄럽지도 않니? 그것을 전혀 가지지 않고도 살다니 지인들이 수줍게 꽃이 핀다고 말하며 받아 적으라고 했다 수줍은 게 뭘까

그것이 왔다 물컹한 상자에 담겨 복도에 놓여 있다 날씨가 교배종 풍란과 연결된 방식으로

그것은 상자 안을 제외한 모든 곳에 있습니까? 우려한 질문이 유려한 형식으로 시작되었다

담론이 필요한 이들이 그것으로 공동체를 이루었다 어떤 이는 그것을 탐구했고 어떤 이는 그것을 신성시했으며 어떤 이는 그것을 과장했다

확인해보고 싶지도 않다 그것을 받지 못하고 자란 사람은
영원히 그것을 할 수 없다는 단정을

시월

이튿날 테러리스트를 만났다 내가 흙먼지 속에서 초콜릿을 뜯어먹고 있는데 초가을이라는 탱크에서 내린 그는 마치 외계인처럼 이상한 언어와 비명으로 말했다

"테러리스트와 시인은 절망 때문에 만들어진다"

격렬한 통증이 가슴에 찾아왔다

나는 식량 보급을 받으려는 사람처럼 그를 올려보다가 잠에서 깼다

나는 뒤늦게 코로나19에 감염되었고 매일 끔찍한 꿈을 꾸었다 그러나 시를 제작할 만큼의 충분한 절망이 아니라서 눈물만 찍어냈다

테러리스트와 나는 건물 잔해 한가운데를 걷고 있었다 폭탄처럼 햇살이 쏟아졌다 우리는 이 세상에 불필요한, 어쩌면 해가 되는 존재 같았다 나의 말은 부스러기일 뿐이었다

"격리 기간 동안 자신을 유폐 상태에서 벗겨내도록 해봐"

꿈과 현실을 구분하는 건 양면테이프를 손톱으로 벗겨내는 일처럼 어렵고 번거로웠다 방의 끝에서 끝까지 계속 반

복적으로 걸었지만 지치지 않았다

　칠 일째 되는 날, 나는 바깥 세계로 나왔다 마술사의 손수
건처럼 새가 날아갔다

오픈 키친

포도나무 아래서 포도주를
수족관 옆에서 생선회를

성행위 장면을 보면
성행위를 하고 싶은가

분수대 물이 되돌아
분수가 솟구친다

결혼식 피로연보다
장례식 식사에 익숙하다

시작과 끝은 흡사하다
망쳤다는 것

보드라운 종아리가
식도를 타고 내려간다

진심은
멀찌감치

셔링이 잡힌 하얀 커튼을 열어젖힌 채
내부를 보여준다고 해도

내부는 내면만큼 포괄적이고
나의 각도에서 볼 수 있는 영역은 좁다

무너지겠지

네시에 출장 뷔페 끝나면
내부는 외부가 될 것이다

심장과 양심 간의 연결성이 없듯이

돼지 염통까지 먹어치운다
아무도 용서하지 못한 채 죽는
수도사가 나오는 비디오처럼

그곳은 천국일 거야

비싸겠지

오늘의 근처

우체국에서는 178번이었다
나는 꼿꼿이 서 있기 어려웠다

병원에 갔지만 대기자가 많아
그냥 나와버렸다
복통과 메스꺼움을 참고 있다

은행에서 나는 41번이다
뽑은 번호표를 만지작거리며
무음 모드로 설정된 텔레비전을 본다
8번 경연자가 노래하고 있다
크게 벌린 입술과 일그러진 표정이
아파서 울부짖는 듯하다

대기실에 앉은 사람들 대부분이
이래야만 하는 듯 검회색 외투 차림이다
머리를 푹 떨군 채 죄수들처럼
수감 번호가 불릴 때까지
기다리는 것 같다

나는 창구 앞으로 가서 의자에 앉는다
유리벽 사이로 면회 온 이를 만나는 것 같다
희망대출을 받고 싶은데

안경 쓴 은행 직원은 신용카드 발급부터 권한다

오 퍼센트 남은 폰 배터리를 확인한다
넘버링과 카운팅이 연속된다
나는 옥바라지도 도주 우려도 없다

슬픈 눈동자를 숨겼지만
일곱 명과 눈이 마주쳤다
생의 한복판을 피해 생존 근처를 서성인다

귓속말

숨을 거두어도 손목시계가 멈추지 않듯이
사람이 시간에 떠밀려가도 귀의 솜털이 흔들리듯이
죽은 사람의 귀는 얼마간 소리를 듣는다고 한다

세상이 당신에게 임종 판정을 내린 후에도
당신은 종말의 파도에 허우적거리며
남은 사람이 무슨 말을 하는지 듣고 있을 것이다

그렇다면 시신이 지닌 찰나의 지각과 감정은 인간이 수
천 년 진화하며
발달해온 능력일까
신이 망자에게 준 선물일까

아름다운 추측이지만 가혹하지 않은가
고백이든 인사든 부탁이든 아무런 응답도 못한 채 들어야
하는 최후의 속삭임들

덜 늙은 염장이가 나를 가리키며 당신에게 할말 없냐고
물었다
당신은 화구로 내쫓기기 싫었을 것이다
머리카락이 쭈뼛 설 만큼 창백하게 화가 난 사람처럼 보
였다

내 입술은 꿰매진 것처럼 신음만 흘러나왔다

오늘도 나는 당신에게 하지 못한 말을 머금고 있다
얕은 골짜기 연둣빛 잎사귀가 무성한 묘지들처럼

당신의 문

작기도 하다
당신 소지품 담긴 가방
화장대 앞에 둔다
한참 거울을 보았다
영정 사진하고
너무나 빼닮은 내가 보인다
두 뺨엔 말라붙은 눈물 자국
당신을 애도하는 나의 말은
문학이 되어서는 안 된다
그러나 그것이 아니면 무엇이 되어야 할까

당신이 입었던 푸른색 겨울 코트
안주머니에서 열쇠 하나를 발견했다
무슨 중요한 열쇠이기에
안주머니 입구를 실로 꿰매두셨을까

한평생 자기 주머니가 없었던 당신은
내가 버린 모자 쓰고 주말농장 일을 했다
그날도 그 챙 큰 모자 쓰고 무릎관절 약을 타러
동네 의원에 가시던 길이었다
굽은 도로에서 트럭을 보지 못하셨다

운전대 한 번 잡아보지 않은 당신에게

중고 유모차를 선물했던 건 나다
비닐 소지품 가방을 넣고 밀고 다녔으니
차 열쇠일 리 없는
당신의 열쇠를
두 개의 방문 손잡이에 꽂아보았다

예상대로 어디에도 맞지 않는 열쇠
보물인 양 텃밭에 묻어둔 김칫독에 맞으려나
옛날에 팔고 떠난 시골집 양철 대문을 열 수 있을까

내가 태어난 그 집
그 좁은 통로를 향한 연결고리를 잃어버린 지 오래인데
나는 당신에게 문을 열어주지 않았는데

납작하게 닳은 신발을 신고
기운 주름치마를 입고

저만치 가요
같이 다니기 창피하잖아

당신이 누리지 못했던
모든 것을 내게 주려는 듯이

그게 얼마나 큰 부담인 줄 모르죠

내가 왜 그랬을까

너무 털털해서 탈이었던
내 육친의 녹슨 열쇠
무슨 비밀이 있어
혼자 가셨을까
열려 있는 문으로

야외용 식탁

철제 테이블이 있다
지붕 딸린 베란다에 놓여 있던 테이블이다
테이블 가장자리엔 화분이 하나 놓여 있다

이 화분은 엄마가 텃밭에서 키우던 것을 나눠준 것
풀이 아니라 야생화란다

종이를 놓으면 책상이 되고
오늘처럼 줄무늬 패브릭을 깔고
커피와 포도를 가지고 오면
테이블은 식탁이 된다

친척 어른들은 우크라이나 전쟁 이야기를 한다
아이들은 자전거를 타고 있다

나는 병따개 없이도 열 수 있는
흑맥주 마시며 책을 읽는다
책에 시선을 두면 아무도 말을 걸지 않으니까

접었다 폈다 할 수 있는 테이블처럼
내 감정도 나지막하면 좋겠다

색깔 있는 옷 좀 입으면 안 되겠니?

— 　내가 죽은 지 얼마인데

보청기를 뺀 노인처럼 나는 주변을 둘러본다

—

3부

나는 내 생애 최고의 시를 쓰고 있어요

내일 쓸 시

내 안에는 굉장한 자질이 있어요. 엄마,
나는 내 생애 최고의 시를 쓰고 있어요*

이렇게 편지를 쓰고 자살한 시인의 일기를 읽고 있습니다
실제로 그녀는 최고의 작품을 남기고 죽었을까요
그녀의 일기장은 칠백 페이지 넘게 두꺼워요

저는 요즘 일기를 쓰지 않아요
당신이 남긴 편지에 답장도 못 했죠
쩔쩔매며 시에 매달리지만 시를 못 쓴 채 행사는 해요

어제 두 시인과의 낭독회가 끝날 무렵
객석에서 독자가 제게 질문했어요
"지금까지 쓴 작품 중에서 대표작은 뭔가요?"

조금 머뭇거리다 저는 답변했답니다
"제 대표작은 아직 못 썼습니다. 내일이나 모레 쓸 예정
이에요."

대개 작가들이 하는 농담이죠
정밀하게 시간이 흘러도 내일은 지연되죠
누가 뭘 가지고 도착하든

지구가 태양과 멀어지고 있는 시각입니다   —
여전히 저는 아무하고도 같이 살 수 없지만
어머니, 저는 시가 제 생애 전부가 되지 않기를 바라고 있
어요

* 실비아 플라스, 『실비아 플라스의 일기』, 김선형 옮김, 문예출판
사, 2004, 654쪽.

                                                        —

죄와 벌

사람이 죽은 집으로 이사했다

회색 분진 쌓인 마루에 짐을 부려놓고 천장 아래 움직이는 거미들을 본다 저것들을 죽여야 하나

다락방으로 통하는 계단에 호리호리한 사람이 앉아 나를 쳐다보다가 사라졌다

꼭 그런 건 아니겠지만 귀신이 내게 할말이 있는 것 같다

나는 눈을 부릅뜬 채 귀신을 기다려본다 이사를 완성하는 것은 정리겠지만 정리를 쉽게 끝낼 수 없을 것이므로 정리하지 않는다

작은 사람이 앉았던 계단을 마주보며 담요를 뒤집어쓰고 앉아 억울한 생각을 한다

눈을 뜨고 귀신을 기다려야 하는 것이 눈물 고인 그의 눈을 바라보며 억울한 사연을 들어줘야 하는 것이 억울하다

전생에 나는 큰 죄를 지었을 것이다 이렇게 생각하면 마음이 누그러진다 그때 사람을 죽였을지 모른다고 생각하면 납득이 간다

나는 생을 쉽게 끝내고 싶었다 어쩌다가 도망치듯 자꾸 옮겨다니는지 모르겠다 죽일 가치조차 없어서 왔다갔다하는 저 쥐를 살려두는 건 아니다

　죄도 벌도 시한폭탄도 없다면

　아니 전생의 죄를 이 생에 받고 있다면 누구한테 책임을 지워야 할까 나를 괴롭힌 사람들보다 내가 괴롭게 한 사람들이 더 많은 걸 보면 뭔가 먹어도 될 것 같다

　자루를 열어보니 아름다운 싹이 가득하다 또다른 자루를 열어보니 벌레가 우글거린다 감자도 쌀도 전생엔 예민했구나

　꼭 그런 건 아니겠지만 귀신이 외로운 것 같다 죄나 벌도 없이 필연도 없이

　눈을 감고 밤을 기다린다 눈을 감아야 이뤄지는 일들이 있다 다락방 문이 열릴 것이다

후배에게

음악을 좋아해?
걷는 걸 좋아해?
맛있는 걸 좋아해?

네가 사는 것도 좋아하면 좋겠다

너를 기다리는 카페에서 옆자리 사람들의 대화를 듣는다
아이들 점수, 아이들 담임, 아이들 친구, 아이들 운동장,
아이들 급식……
학부모 회의를 마치고 온 두 사람은 세 시간 넘게 아이들
이야기에 몰입한다 한 사람은 내가 좋아하는 멜빵바지를 입
었어 둘 다 4학년 2반이며 한 아이는 수학을 잘하는 여자아
이, 한 아이는 강아지를 좋아하는 키가 작은 남자아이인 걸
나도 알게 되었어

사랑하는 대상을 가장 많이 생각하고 가장 많이 말하는
거라면
나는 너를 다섯 번 생각했다
이리하여 쓴다

사는 게 뭘까?
연말 퇴근길에 너는 말했지
다른 부서 과장의 부친상에 조의금을 부쳤고 야근을 했고

066

배고파 죽겠다고
　회사 가는 게 괴롭다고 했어
　사는 게 뭔지 달아나고 싶다고
　안경 벗으면 딴사람 같은

　너는 김연아와 에디 레드메인과 인천 사는 친구를 좋아하
지 얇은 티셔츠에 청바지 입길 좋아하고 초코우유와 망원
한강공원을 좋아하지 빨래하고 누워서 웹툰 보길 좋아하지

　일과중에 나는 너를 기다리는 이 시간이 제일 좋아
　널 만날 약속 없었다면 온종일 끔찍했겠지

　나도 너처럼 습관적으로 한숨 쉬지만
　네가 얼굴 뾰루지랑 새치를 걱정하면서도
　솟아오르는 웃음을 터뜨리면 좋겠어

　어쩌면 삶에 의미가 있을지도 몰라
　의미 없어도 생생하지
　사는 걸 꽤 좋아하면 좋겠어

습지

역사에 있습니다 더는 기차가 오지 않는 작고 허름하며 지저분해진 곳이에요 그리운 이가 없으니까 갈 데도 없어요

내일 온다고 말하지 마세요 발길 멈추고 올려다본 창문 그리운 이가 사는 것도 아니고 그립다는 말은 얼마나 오염되었는가

기차도 안 다니는데 철도는 왜 그대로 있나요 나는 철도변에 앉아 아무도 없는 세상을 봅니다 무너져가는 역사 벽에 장미 넝쿨은 왜 만발할까요

어쨌든 자네의 이 말들을 일종의 결별로 해석해도 되겠지? 나는 당신의 그 문장을 이해하려고 노력합니다 내 사전의 그리움은 상호적이며 지극해야 합니다

내가 식용유를 사러 상점에 갔을 때 당신이 먼저 말을 걸었죠 장터까지 같이 가지 않았다면 우리는 그게 끝이었겠죠 나는 시골에 머물며 겨우내 책 한 권을 쓰고 싶었습니다 여기로 오자 모든 게 귀찮아졌어요 여름비처럼 변덕스러운

장미여 말하세요 나지막하게라도 그 여러 겹의 입술을 벌려

클라이맥스 없는 영화처럼

벚꽃 축제 가자는 일행을 보내고
숲길에 들어섰다
소나무꽃 만발하지만
꽃 같지 않다

이 봄 지나고 가을이 오면
그들은 내장산 단풍 구경 떠나겠지

나무의 절정은 언제일까
사람들이 절경이라고 할 때일까

나무 많은 산 정상을 밟으면
그만큼 높이 있다면
그 기분을 누리고 싶을까

발걸음 소리도 없이
한 사람이 가까이 와
붉은 노끈을 소나무에 묶는다

청춘이 내 삶의 절정은 아니었던 것 같다
아무래도 미래에도 더 아래로
사람들은 모든 서사에 절정이 필요한 것처럼 말하지만

강렬한 클라이맥스 없이도 아름다운 영화를 기억하고 있다
단조롭거나 자연스러워도 좋을 텐데
자연사처럼 쉽지 않겠지

나의 필모그래피는
쉽기가 어려웠다
나무에 붉은 노끈을 묶은 사람이
저 나무에도
더 먼 나무에도
끈을 묶고 있다
숫자로 표시도 남긴다

"지금 뭐하시는 거예요?"
"다음주부터 이 나무들을 베는 작업에 들어갑니다. 위험
수목으로 판정받은 나무거든요."

나무들은 우리의 대화를 그저 새소리처럼 듣고 있는 것
같다

큰 태풍이 오기 전에
행인이 다치기 전에

나는 그늘에서 나와

쓰러질 나무들을 헤아려본다
소나무숲은 오래되었고
수백 년 넘은 나무들도 있다고 한다

자랐을 뿐인데
위험한 존재가 되어버린
하늘을 찌른다는 말을 듣기도 했을

처음으로 소나무를 안아본다
한아름 줄기에서 내 품으로 붙어온 죽은 침엽들을 뗀다
벌레도 옮아왔나
가슴과 어깨 너머가 간지럽다

벌목공들이 다녀가도
뿌리와 그루터기는 볼품없이 남겠지

내가 나무들 둘레를 돌며 위로의 말을 속삭여도 될까

상록의 나무야
한 차례의 절정조차 없었던 게 아니라
사시사철 매 순간 최선이었어

어쩌면 나무들은 베어지고 싶을지도 모르는데

—   나무의 감정을 모르는 내가

자기 연민의 넋두리를 뱉으면 안 되겠지

감히 짐작할 수 없는 숲의 세계를 향해
최소한의 접촉으로 다 아는 것처럼

—

드라이클리닝

자네의 망가진 인생이 나를 감동시켰네 고통에 일그러진 자네 얼굴에 반했어 이리로 오게 자네 그림자가 사라지기 전에 내게 자네의 목소리를 들려주게 더럽고 쉬어빠진 목소리군

알겠어요 시작하죠

그 늙은 여인은 오래된 대저택에 살았다 나는 그녀에게 매달 고통 일 그램을 팔았다 보통은 일 그램이었지만 그녀가 실비아 플라스를 흉내내고 싶어했던 겨울 초저녁엔 두 배의 양을 팔아야 했다 말하다가 어지러워서 마루에 쓰러질 때도 있었다

설날도 가까워졌으니 선물을 주겠네 이 모피 코트가 맘에 드는가? 자네의 비쩍 마른 어깨를 감싸줄 걸세 자네는 기교를 부리지 않을 때가 더 나아

알겠어요 감사합니다

치렁치렁한 은빛 모피 코트 자락을 끌며 나는 계단을 내려왔다 그녀의 응접실에서 마당을 지나 대문을 나오는 동안 나는 노파가 되어갔다 고통을 다 팔았을 뿐인데 슬픔도 기쁨도 느껴지지 않았다 지네 다리처럼 움직이던 감정이 제로

— 가 될 수도 있구나

　나는 알겠다 알아서 알겠다고 말할 수 있을 때가 오면 좋
겠다

　습설이 쏟아지는 밤이었다 나에게 닿자 흰빛이 사라지는
무거운 눈이었다 나는 눈보라에 뒤덮이며 붕괴되는 저택을
바라보았다

—

주말의 조건

나는 있다 자줏빛 긴 의자에 앉아 있다 의자는 닳았고 움푹 꺼졌지만 콘센트가 있는 자리다

주말은 한 주의 끝이라는 조건을 가진다 나는 인간의 끝에 겨우 붙어 있다 인간의 조건을 검색한다 앙드레 말로 한나 아렌트 르네 마그리트 계속 연장된다

간간이 인간들을 쳐다본다 모두 다르게 생겼다 인간 중에 구도자는 많고 예민한 종말론자도 많지만 내일 지구의 종말이 온다고 해도 여기서 이러고 있는 사람들은 여기서 이러고 있지 않을까

자리잡으면 데리러 오겠다던 인간이 자리를 잡아 사라지기 전에도 내겐 순결성 고유성 정체성 없었다

이 모든 것 없이도 지키고 싶은 한 가지를 궁리한다 쉽게 떠오르지 않는다고 해서 없다고 말해도 될까

무의미와 의미는 최선과 차선처럼 붙어 있다 예기치 않게 덜 인간적인 게 인간적으로 느껴진다

인간과 사람은 비슷한말이 아닌 것 같다

내가 던진 반지

아무리 화나도
사람을 위협하지 말자

분노는 삶에 필수적이지만
삶의 일부는 아니다

친구여
아무리 분해도
사진만 찢자
계정에서 탈퇴하자

아무리 죽이고 싶어도

죽지 말자
친구여

우스꽝스러운 몸짓으로

반지를 던졌다
호수에

살얼음 위로
반지 떨어지는 소리와 동시에

하마터면
호수 속으로 뛰어들 뻔

더이상 언약이 아닌
그냥 순금 한 돈이었는데

얼음이 녹으면
가라앉겠지

파문조차 없이

바닥의 미로에서
반지의 터널 속으로
작은 물고기들 들락거리려나

손가락이 노래한다
헤쳐가지 않아도
해치지 않아도

필균의 침대

하루를 저녁나절에 시작하던 시절

도무지 낮과 밤이 바뀌지 않았던 날들
쪼개고 쪼개도 낮의 유령

서울 천지에 아는 사람 없었던 시절

하룻밤 재워주시겠어요?

밤늦게 출판사 모임 마치고

편집자 김필균의 집에 가서 잤다

거기가 서교동이었는지
방은 어땠는지
하나도 기억 안 난다

어떻게 이럴 수 있는지
스스로 의아할 정도로

단지 그토록 깨끗하고 흰 침대를 더럽히며
깨지 않고 대낮까지 잤다는 것

그리고

얼마쯤 날이 지났고

필균은 내가 아는 시인과 결혼한다는 소식을 전해왔다

그리고 다시

얼마쯤 시간이 흘러갔고
십 년이 흘렀다

첫 기억의 라벨이 찢어발겨진다
실패를 앙갚음하려고 쓴다는 조지 오웰 같은 작가도 있
지만

신세를 지고
갚지 못한 사건
갚는 데 실패한 일 때문에

불을 꺼도 이따금 환히 떠오르는 필균의 침대

나는 자고 있는데
미처 끄지 못한 책상 스탠드 아래 타원처럼

밤새도록 간판과 실내등을 켜놓은 모퉁이 가게처럼

　갚지 못한
　갚아질 리 없는
　갚고 싶지 않아
　지연하는
　마음의 불면

　기억을 역산한다 야간 경비원이 출근 시간을 헤아리듯 내
일의 내가
　이월 상품 가격 라벨을 손톱으로 뜯어 원래 가격을 확인
하듯

　천지에 재워줄 리 없는 이 도시에서

　불 좀 꺼주시겠어요?

　방이든 발등이든 내 불은 나밖에 끌 수 없는 나날에도

　갚을 것이 있으므로 쓴다
　덕분에 살아난 내게
　빌려주거나 거저 주고도 나마저 잊어버린 이들이 천지인
마당에

나는 빚이 재산인 부자
앙갚음에 실패한 사람

작품 목차가 외상 장부
티가 나지 않도록 유의한다
뒤로 갈수록 필체가 흐리멍덩해지는
긴 편지 같을지라도

조지 오웰 같은 대작가들은
인세나 상금으로 갚을 수 있겠지만

돈으로 살 수도 갚을 수도 없는 게
더 많아지면 좋겠다 그러면
숨이 죽지 않을까
필균의 침대처럼 세상이
포근하고 평평해질까

문라이트

조용한 여름이다
벽에 붙은 사진을 보았다
개를 잃어버린 사람이 있다

엘리베이터 안에는 스피커가 있고 음악이 나온다
녹슨 갈고리 끄는 소리 같다
물이 아주 조용히 떨어지고 있다

덜 사랑했던 사람이 사랑했다고 말하지
주변의 모든 것들에 이름과 진실을 적었다고 말하지

신념 없이
실천할 수 있는 만큼만 시큰둥하겠네
순도 백 퍼센트로 가지 않겠어

나는 떠났다 밤의 버스처럼
네가 내리자 나는 출발했다 너의 긴 외투가 문에 낀 줄
도 모르고
이 꿈속은 누구의 생시일까

환기

문을 열었다 부드러운 빛과 소리가 쏟아져들어왔다 생선
냄새가 빠지지 않았다 곰팡이 냄새가 빠지지 않았다 내장들
이 빠져나가지 않았다

문이 하나 더 있다면 해초처럼 움직일 수 있겠지 불이 난
어선에서 뛰어내려 부표 같은 꿈을 붙잡고

내가 너를 만났다는 걸 어떻게 설명할까 공포를 가지고

나는 난롯가에서 장작이 없어 원고 뭉치를 톱밥처럼 태웠
다는 작가의 유작을 읽고 있었지 내 그늘에 너를 가둘 생각
은 없었어 너는 내게 다가와 더듬더듬 말하다가 마침내 나
를 죽은 너의 누이로 착각했다고 말했지 혹한이 오면 공생
과 기생, 순수와 무지, 분석과 파괴의 차이를 알 수 있을 거
라고 했지

마음에도 문이 있다면 반드시 두 개가 필요하다 돌진하는
문과 사라지는 문 나는 문을 만든 적 없지만 닫은 적도 없
다 모든 문은 상호 의존적이고 치워야 하는 크리스마스트리
를 만든 것도 나니까

매 순간 흘려보내지 않으면 역류하는 마음
기억은 전기장판처럼 끈적거린다 침묵 중에 소리가 크게

— 들린다

　전구를 빼면 초라한 가짜 나무일 뿐 장작도 되지 못한다
나는 수요일에는 아스파라거스를 잃어버렸고 금요일 저녁
에는 지갑을 잃어버렸어 버스에서 내릴 때 분명히 찍었는데

　문 좀 열어줘 네게 흘리고 간 게 있어

　그런데 당신은 내 방을 찾아온 것이지 나를 찾아온 게 아
니지 않습니까

—

여름 효과음악

하루하루가 모여 일생이 될까

폭염
장맛비
열대야
하루하루 여름이 지워진다

지난여름은 잊혀도 무방한, 아무 의미 없는 귀속의 수단
일 뿐이다

기차역에서 한 사람이 손목시계를 봄
새하얀 와이셔츠가 바람에 펄럭임
뛰어오는 이는 여유로운 점프슈트에 애리조나샌들
동성애 커플이라는 설정
시계와 슈즈는 소품

둘이서 다정하게 바캉스 떠날 예정인데
다툼이 없었는데
둘 중 하나 철로로 떨어져
달려오는 기차에 치일 뻔하는 사건이 벌어질 것이다

다정한 것들이 살아남는다는 메시지입니까?
컷

— 감독의 의도는 알 필요 없으니 네가 맡은 역할이나 열심
히 하면 돼

　위험한 스턴트 신을
배우가 대역 없이 찍겠다고 한다

　대기하던 스턴트맨은 배우의 옷을 벗는다
그는 이제 잘린 거니?

　잘나가는 배우만 자꾸 잘나가는 이유는 날씨 때문인가요?

　우리는 타이밍을 기다린다

　여름 작품을 만들어야 한다

　계절성은 모든 예술에 적용된다는 말씀인가요?
　상쾌하게, 광장의 뜨겁고 속된 열기가 느껴지게끔, 리조
트, 선베드, 호러, 스릴러…… 뭐, 이런 이미지가 필요하다
는 거죠?

　독창성 없는 아티스트, 머저리, 분위기 파악 못하는 것들
은 죽어버려야 돼!
　내 말을 듣던 감독은 나를 역겨워하며 소리쳤다
—

컷

공중화장실에서 메스꺼운 기분을 닦는다

전신이 흐늘거린다

나는 그의 요구에 맞춰 효과음을 넣었을 뿐인데 범죄 영
화에나 어울리겠다고 하다니!

여름엔 흉악 범죄가 더더욱 기승이므로 내 작품엔 현실을
반영했을 따름이잖아. 뭐라고? 팽팽한 이음줄 구간뿐만 아
니라 전체를 폐기하라는 건 너무 수치스러운……

피력하지 못한 작곡 의도를 거울에 대고 지껄인다 녹물
을 튀기며

내 인생에 타이밍이 올 리 없지

친구의 영화 제작에 참여할 기회를 잡지 못했으므로
카디건을 벗다가 떨어뜨린 유리잔을 집어 다시 던질 뿐

벽이 무슨 잘못이라고
소품이 무슨 잘못이라고

눈을 감고 대사를 외운다

내가 다시 음악을 맡을게
만들지 못한 음이 평생 마음에 자리잡는 법이지

앞의 음과 부딪치지 않게
앞의 음이 퍼지다 사라지면
다음 음을 시작한다

어제의 일은
누군가 물을 내리지 않고 나간
공중화장실 변기 속을 응시하는 기분일지라도

오늘과 부딪쳐 축적되는 현상을 발생시키지는 않으리라
그저께의 참상을 흡수하지도 않겠어

아, 메스껍다
소품만도 못한 인생
하루하루 돈을 모았지만 하루치 식비도 얼마 남지 않았어

하루하루가 사라져 하루가 된다

4부

아직 나의 영혼은 도착하지 않았다

호텔은 묘지 위에 만들어졌다

1. 헤이, 스트레인저

안녕 낯선 이방인, 너의 긴 이야기를 옮길 수 없으리, 너는 감염된 신체를 갖고 있었고 격리 조치에 저항하지 않았으며 의자에 비스듬히 앉아 헐떡거렸지.

너와의 긴 이야기를 다 말할 수 없으리. 오염 물질로 치부되어 격리된 존재. 전염병이 창궐하던 시기가 끝날 즈음이었어. 방심하지 않았더라도 우리는 만났겠지.

동병상련을 알아? 같은 병에 걸린 사람끼린 배척하지. 비슷한 처지를 경멸해? 우리는 급전이 필요하다 신발과 함께 벗겨지는 헐렁한 양말처럼 우리가 동시에 바닥으로 떨어진 걸까? 최악의 시기에 조우라니!

2. 빌 혹은 영수증

격리 기간이 끝나야 귀국할 수 있어요. 그때까지 폐쇄된 호텔에 머물고 있습니다. 베를린 외곽이에요. 이 건물의 꼭대기 십사층에서 담요를 뒤집어쓰고 있다가 구토합니다. 옆모습만 보이는 빌은 갑자기 나를 보면서 화난 얼굴로 말했어요. "쳐다보지 마!"라고. 수줍음 많아 다른 사람들과 눈을 맞추지 못하는 아이죠. 그는 거울을 보며 근육을 만들고 있답니다. 내 눈에만 보이지만 인간적인 면이 없지 않습니다. 우리도 친구가 될 수 있을까요?   —

　3. 작은 마하고니

　창가를 서성이던 감독이 착석했다. 그는 전기의자에 앉은
사형수처럼 소스라쳤다. 꼴불견이었다. 공중을 배회하는 유
령들이 보이나요? 라이프치히에서 그가 올렸던 공연의 첫
번째 대사는 더이상 새롭지 않았다.
　그때 노크 소리가 났다. 문을 열어보니 옆방 사람들이었
다. 장부를 날조하다가 걸린 회계사 패티와 쿠바 출신의 혼
혈녀 제니, 그들은 유명한 감독이 왔다는 소문을 들었다고
했다.
　들어오시죠. 우리는 백이십 년 된 침대와 책상을 치우고
내년 여름에 올릴 연극 연습을 했다. 감독은 제니에게 주인
공 역할을 맡겼다. 젠더 프리 캐스팅, 우리의 우정은 급속
도로 커졌다.
　연극 연습이 끝나자 감독은 사망했다. 코로나19 합병증
이 원인이라고 했으나 정확한 사인은 몰랐다. 그는 창가에
서 매일 바라보던 공동묘지에 묻혔다. 단 일주일 만에 일어
난 일이었다. 이 호텔에서는 매일 여러 명이 죽는다. 어느
세계나 마찬가지겠지.

                                                              —

4. 해제일

전염병은 누구에게나 온다. 어떤 피부색을 가졌든 이 병에 걸리면 희미한 동물이 된다. 나도 예외가 아니라는 사실이 맘에 든다. 나는 오늘 격리 해제일을 맞았다. 나는 주저앉아 감격의 울음을 터뜨린 후, 춤을 추면서 거리로 나왔다. 마을 사람들이 피켓을 들고 소리치며 시위하고 있다. 서로의 멱살을 잡고 싸우는 사람들도 있었고 여기저기 방화하고 보이는 족족 부숴버리는 사람들도 있었다. 바깥세상이 더 위험하군. 나는 지껄이며 잽싸게 시위대에 합류했다. 불가항력이라는 단어를 살아생전 처음 떠올렸다. 마을 사람들은 계속 행진했다. 잡석이 날아간다. 이 와중에도 키스하는 사람들이 있다니! 도대체 어디로 가나요? 날아오는 유리 파편을 피하며 동그란 안경을 걸친 소녀가 내게 물었다. 그녀에게 다정히 귀띔해주었다. 나도 몰라. 무엇 때문에 몰려가는지 아무도 몰라.

두 유 리드 미

 길가에 앉아 사람들을 읽는다 내가 읽던 사람이 노란 버스에 탄다 구름을 읽는다 가로수와 새를 읽는다 건성으로 읽을 때도 있다 이상하게 나는 난독증을 고칠 의욕이 없다 다시 길을 걸으며 간판을 읽는다 독일어를 아는 게 도움이 된다 아우구스트스트라세에서 서점에 들어갔다 흥미로운 책을 발견했다 당나라 말기의 러브레터 이집트 상형문자 벵골어 부기어 등 오래된 언어들이 적힌 얇은 책이었다 이상하게 나는 글자를 통해 사람을 읽는 게 재밌다 읽을 게 없으면 죽고 싶다 얼굴은 표지의 기능도 상실했다 워낙 리커버가 많으니까 나는 읽으면서 읽힌다 투명 비닐로 포장된 타이포그래피 잡지도 골랐다 셀프 계산대가 있었다 공항 검역대를 통과할 때처럼 소리가 난다 바코드 읽는 기계로 사람을 읽는다

스몰 레볼루션

너는 지면과 접점이 작다. 너는 차였다. 너는 처박혔다. 어린 시절 사흘에 두 번 단풍나무 가지로 매질을 당했다. 벽에 맞으면 튕겨나온다. 튕겨나온 후에도 복수하지 않는다. 너는 희지 않다. 결벽증이나 퓌리슴과 무관하다. 너는 상가 뒤에 있다. 너를 때린 사람들은 너에게 어디로 튈지 모르는 물건이라고 했다. 너는 주춤댔지만 야만적인 태도를 갖지 않는다. 너는 여러 방향으로 갈 수 있는 너의 형식을 사랑한다. 너는 소멸할 듯 멀리 있다. 너는 로자룩셈부르크플라츠 역 계단에 있고 나는 ZEIT FÜR BROT에 있다. 너는 나와 접점이 작다. 너는 나의 실존이다. 내가 잠에 빠진 후에도 너는 정지하지 않는다. 내 꿈의 그라운드에서 굴러다닐 때도 있지만 네가 어디에서 왔는지 나는 마지막까지 모른다.

여장 남자 아더 씨

아더 씨의 홈 파티에 가다가 술을 샀다 시간이 남았다 놀
이터에 들렀다 미끄럼틀 계단을 올라가다가 보았다 의자에
앉은 한 여자가 식탁보에 수를 놓고 있었다 실로 만든 새의
날개가 화려했다 나는 오 유로를 주고 그 새를 샀다

아더 씨는 분명 이 식탁보를 좋아할 거다 좋은 감정에서
몇 계단쯤 내려가면 사랑하는 마음을 가질 수 있을까 나는
왜 중간에서 멈추나 언제부터 적당을 취했나 나를 초과하거
나 모자라는 나여, 나를 누락하며 작당하는 나여, 칠십 살쯤
되면 너 자신을 볼 수 있느냐 자신의 성적 지향을 명확히 알
수 있겠느냐 말이다

아더 씨는 로테르담에 산다 그저께 낭독회가 끝난 뒤, 내
게 팬레터를 준 사람이다 빨간색 미니 원피스를 입고 짙은
화장을 하고 있었다 울고 있었다 검은 망사 스타킹 틈으로
털이 수북했다

그는 울고 나서 유난히 쾌활했으며 수다가 심했다 그는 자
신이 조울증을 앓아온 걸 최근에 알았다고 했다 나는 외딴
놀이터의 그네를 타며 오늘밤 그의 어지러운 파티에 빠져들
준비를 한다 오늘은 그의 칠십일 세 생일 파티다

칠십 살 되기 전에 나는 또다른 나를 열 명 정도 만나고
싶다 나는 책을 읽느라 자수와 작곡, 권투를 배우다가 말았

― 다 나의 소질을 찾지 못했다 집시처럼 머무르며 몇 겹의 나
와 공존한다 아더 씨 나이만큼 생존한다면 평범한 노인 하
나가 되어 수수한 남장을 하고 놀이터 벤치에서 새를 수놓
을 확률이 높다

―

도로시아

이 그림이 팔리면 맥주를 살게 우리는 루트비히성당 앞 광장에서 그림을 팔았다 광장에는 돌로 만든 탁구대가 있었고 탁구를 치려는 주민들로 붐볐다 플라타너스 열매가 떨어졌다 밤에는 탁구대에 빵과 커피, 싸구려 와인을 놓고 저녁을 먹었다

그러는 사이 선의와 열정을 지닌 세 사람은 백발이 되었고 그들 중 한 사람은 사라질 자신의 운명을 그림 속에 암시했다

나는 광장 가까운 미용실에서 머리를 잘랐다 매일 이렇게 기분전환 한다면 머리칼이 얼마나 필요할까 앞머리만 잘랐다 앞머리에 물을 묻힌 후 두 번의 가위질로 끝 오 유로

낯선 도시에서 비를 만나는 게 천사를 만나는 것보다 즐겁다 오, 내 천사여 채찍을 숨긴 채 지껄이는 인간들이 천사 자주 찾더라 회색 트렁크를 끌고 가며 나는 중얼거린다 마침내 이 도시를 알 것 같아 정말 알면 끝

끝이 좌절이기만 하다면 사랑이 완벽한 결합으로 완성된다는 말과 뭐가 다른가 사람들은 울부짖을 때 위선을 드러낸다

하지만 나의 지루한 경험이 말한다 모든 평범한 인간들도 위대한 순간이 있었다*

* 조지 엘리엇, 『미들마치 3』(전4권), 이가형 옮김, 주영사, 2023.

이 날개 달린 나그네, 얼마나 서투르고 무력한가

자가 격리 해제 통지서를 받고 짐을 쌌습니다. 노이호스텔에서 체크아웃하는데 로비에 울려퍼지는 존 덴버 목소리, 컨트리 로드, 테이크 미 홈, 투 더 플레이스 아이 빌롱, 잔혹하리만치 마음을 후벼파는 선곡이라니.

공항으로 왔습니다. 한국 가는 비행기에 탑승하기까지 이틀 더 남았지만 더는 숙박 비용을 감당할 수 없었습니다. 나는 베를린에서 코로나19 확진자가 되어 열흘 동안 세 번 옮겨 격리되었거든요.

격리 기간 동안 고립감이나 단절감 같은 걸 느낄 여유가 없었습니다. 진통제와 해열제를 번갈아 먹으며 아프고 서럽고 다소 억울하긴 했죠. 누구한테 옮았을까, 내게 전염병을 옮긴 사람을 찾아가고 싶지만, 아무리 기억을 뒤져도 짐작 안 됩니다. 어디서 온 건지 모르기는 시도 마찬가지죠. 열이 나며 추웠고 거푸 기침을 하며 시를 쓰기 시작했죠. 원인 불명, 부지불식간에 온 이것들은 나의 체질과 유전자를 변형시킬 수 있습니다. 바이러스든 시든 때때로 죽음에 이르게도 합니다. 감염되었던 사람들은 거기에 대한 공포나 환멸 어쩌면 뒤범벅된 갈망을 가지게 됩니다.

여기는 브란덴부르크공항입니다. 터미널1의 출국장 벽에 기대 있다가 바닥에 주저앉았어요. 여기서 이틀 동안 먹고 잘 겁니다. 알랭 드 보통은 『공항에서 일주일을』이라는 에

세이를 썼죠. 히스로공항 터미널5의 소유주로부터 초청받
아 쓴 글이라 유머러스하죠. 하지만 나의 경우는 블랙코미
디죠. 생존의 문제라서 어쩔 수 없어요.

지하철 타고 공항에 도착하자마자 간 곳은 레베라는 슈퍼
입니다. 도착하자마자 한 짓은 눈물 쏟기, 더는 언급하기 싫
습니다. 아무튼 슈퍼에서 둥글고 큰 호밀빵과 생수를 샀습
니다. 트렁크 끌면 공항을 오가는 평범한 사람들처럼 보입
니다. 계단에 앉아 빵을 씹습니다. 시큼한 맛이 나는 빵입
니다. 둥글고 큰 빵, 무거우며 딱딱한 표면을 가진 이 빵의
표면은 달처럼 균열이 있고 식욕을 자극하는 짙은 갈색입니
다. 나는 굽는 과정에서 자연스럽게 갈라진 이 균열을 좋아
합니다. 중요한 건 가성비, 이 유로 오십 센트에 산 이 빵을
사흘 동안 뜯어먹을 수 있다는 거. 이 빵은 사흘간 상온에
서 상하지 않은 채 더 안정된 맛과 향을 품을 겁니다. 격리
기간 동안 경험한 사실, 내가 아무리 뜯어먹어도 줄어들지
않았습니다. 스스로 증식하는 마음처럼 말이죠. 이 빵은 백
퍼센트가 빵이지만 백 퍼센트의 호밀로 만들어지지 않았지
만 호밀빵이라고 부릅니다. 난 백 퍼센트의 인간적인 것으
로 만들어지지 않았지만 인간입니다. 나는 지금 내 손에 있
는 이 빵에 관하여 무한정 쓸 수 있을 것 같습니다. 시간이
많아요. 호밀은 밀이라기보다 보리에 가깝다고 합니다. 글
루텐이 거의 없기 때문에 부풀지도 않습니다. 겉은 딱딱한

데 속은 부드럽죠. 저처럼 말입니다. 하루하루 맛이 달라지는 것도 유동적인 저하고 닮았습니다. 나에게 빵은 중요하고 계속 먹을 수 있고 이것에 관해 쓰는 게 재밌습니다. 호밀빵은 세이글이라고도 부르는데 폴란드, 슬로베니아, 러시아, 독일에서 많이 먹죠.

지금 베를린 하늘은 구름으로 뒤덮여 있고 잿빛 건물들로 둘러싸인 광장이 보입니다. 창밖은 그만 보고, 나는 오늘밤 어느 의자에 기대어 잘 것인가를 결정하기 전에 물을 좀 마시겠습니다. 뭘 어쩌하려고 이러는 건 아닙니다. 아무도 내일 어찌될지 모르잖아요. 대책 없이 시간을 죽이고 있어요. 공항에 오면 벽에 기대앉아 노트북을 펼치고 있는 지친 사람들을 볼 수 있죠. 그들 중 하나가 접니다.

진짜 말할까 말까 망설이고 있는 것은 돈입니다. 빵과 돈에 관해서 말한다는 게 뭔가 궁색한 느낌을 주지 않나요? 사랑에 관해 쓰면 좀 있어 보이겠죠.
동전을 던지는 사람들에게 말하고 싶습니다. "플리즈 기브 미 원 달러"라고요. 구걸할 땐 영어가 편해요. 사람들이 레베 옆에 있는 유리관 속으로 동전을 던집니다. 유리관에는 몇 개의 작은 틈이 있고 그 안엔 무엇인가가 전시되어 있습니다. 가까이 다가가보니, 강철로 만든 초소형 비행기 같기도 하고 펼쳐놓은 두꺼운 책처럼도 보입니다. 푸르스름한

고철에 쇠망치질과 납땜을 하여 만든 새 같기도 합니다. 몇
마리 새가 대리석 바닥으로 추락해 꼬꾸라져 있는 형상입니
다. 행인들이 그 날개에 동전 맞히기 게임을 하는 것이 분명
합니다. 날개 위에 동전이 올라갈 때까지 연속으로 던지는
자도 있네요. 수많은 동전이 펼쳐진 책 같은 날개 위에 그
주변에 가득 흩어져 있습니다.

저 유리관 안으로 들어가서 동전을 주워 나온다면 호텔을
잡아 일박할 수 있을 것입니다. 나는 유리관을 빙빙 두 바
퀴째 돌아봅니다. 관을 부수지 않는 한 들어갈 수 없겠군요.
노인이 떠나면서 동전을 던졌습니다. 연못에 동전을 던지는
사람처럼 조심스럽게. 초록색 눈동자의 아가씨가 이 유로짜
리 동전을 던지고 갔습니다. 사람들은 살덩이를 던질 수 없
으니 돈을 던지는 걸까요? 공항에 다시 돌아오고 싶은 마음
을 담아 돈을 던지는 걸까요? 하긴 마음을 담기엔 동전만한
게 없어 보입니다. 사람들이 돈을 더럽다, 추악하다 하면서
도 얼마나 사랑하는지 우리는 알지 않습니까. 아니면 동전
이 거추장스러워서 버리는 기분으로 던지는 걸까요? 유로
화를 쓸 수 없는 이국으로 영원히 떠나는 거라서? 어느 나
라 동전이든 둥글고 예쁩니다. 반짝거리는 일 센트를 일 센
트로 만들 수 없습니다. 심지어 동전은 주머니에 쑤셔넣어
도 구겨지지 않습니다. 동전은 멀리 던질 수 있습니다. 나한
테 동전을 좀 주시겠어요? 나는 지금 동전에 관하여 무궁무

─ 진 쓸 수 있겠습니다.

유리관 둘레를 세번째 돌며 알았습니다. 이것은 예술품이
었습니다. 작년에 제작한 조각품들이네요. 공항에 전시되
어 소형 철판 비행기들로 보였지만 눈여겨보니 그 유리관
표면엔 흰 글자로 이렇게 쓰여 있습니다. 'L'Albatros'라고.

Ce voyageur ailé, comme il est gauche et veule!
Lui, naguère si beau, qu'il est comique et laid!
L'un agace son bec avec un brûle-gueule,
L'autre mime, en boitant, l'infirme qui volait!

심지어 희고 작은 글자로 샤를 보들레르의 「알바트로스」
일부분이 적혀 있습니다. 자동문으로 들어오고 나가는 사람
들이 이 작은 글자들을 읽었을 리 만무하고 이 추락한 소형
비행기로 보이는 것들이 알바트로스를 상징한다는 걸 알 리
없지 않을까요? 그럼에도 불구하고 이 안에 동전을 던져 넣
는 이유는 뭘까요? 대부분의 사람들은 무심코 지나갑니다,
복잡한 출입구 가까이, 그것도 슈퍼와 카페 사이 복잡한 통
로에 설치되어 있기 때문에 오히려 걸리적거리는 방해물쯤
으로 생각하기 쉽겠죠. 하지만 발길을 멈추고 유리관 작은
틈을 통해 동전을 던져 넣는 자들의 심리는 뭘까요? 작품 배
치가 완전히 끝난 세상이라는 미술관에 나는 내 그림을 들

─

고 있다가 등뒤로 숨쉬는 기분이고요.

　나는 빵을 씹으며 생각합니다. 아, 초밥 먹고 싶다, 된장찌
개도. 차가운 대리석 바닥에 추락한 천사 혹은 저주받은 시
인의 형상을 하고. 호밀빵은 시큼하고 씁니다. 빵으로 채워
지지 않는 허기에 관해 말하면 배부른 소리 한다고 하겠죠?
배가 고파서 이만 쓰겠습니다. 야유 소리가 들리는군요. 오
늘밤 눈 붙일 자리를 찾아봐야 합니다. 해가 졌는데 공항에
는 여전히 사람들이 북적거립니다. 오히려 더 많아졌네요.
이층 출국장 쪽에 스타벅스가 있고 그 근처에 긴 의자가 새
벽엔 조용할 것 같습니다. 몸이 자꾸 움츠러듭니다. 나를 붙
잡아 공항 밖으로 끌어내는 사람은 없겠죠?

　이제 노트북을 접겠습니다. 이 낡은 노트북도 알바트로스
를 닮았다는 걸 방금 깨달았어요. 돈도 친구도 없을 때 혼자
서 시간을 때우는 데는 시만한 게 없죠. 그럼, 물을 마시고
호주머니의 동전을 세어보겠습니다.

너는 여기에 없었다

혼자 옮길 수 있는 짐만 가지고 이동한다. 오늘은 한 달째 되는 날. 아무도 내가 어디에 있는지 모른다. 병자가 벙커에 있어도 하천에 버려졌어도 모르는 전쟁터 같다. 굳이 만나 야 할 사람이 없다는 건 행운일까. 냉장고 코드를 뽑아놓고 올걸. 우편함에는 연체료 붙은 고지서들이 쌓여 있겠지. 익 산에 가기로 한 날짜가 지나버렸다. 미안해요, 고의가 아니 었어요. 아무도 관심 없지만 존재하고 있다. 병이 나으면 귀 국하려고 비행기 티켓을 바꾸는 데만 천칠백 유로를 더 지 불해야 했다. 굳이 돌아가야 할까, 가지 않으면 어디서 살 수 있는가, 나는 있었지만 존재하지 않았다. 곤경을 기회로 바꾸세요, 지껄이는 소리라도 듣고 싶다.

말없는 시간

그러면 나는 그 사람의 변덕을 봐줘야 할까? 포츠담에 있는 서머하우스를 빌려주겠다던 그녀는 잠적했다. 나는 고립되었으나 안달하지 않는다. 명랑한 면이 없지 않다. 현실에 대한 자각에 빠지지 않으려고 한다.

외곽에서 외곽의 끝으로 이동했다. 가난한 자에게는 중립지대가 없다. 이동하며 길을 잃었다. 나는 격리되었으나 나 자신에 대한 성찰에 빠지지 않으려고 글을 쓴다. 내겐 중심이란 게 없다. 나를 실험한다. 결론에 도달하지 못할 것이다.

창을 보았을 뿐인데 우울하고 예민한 인간이 우두커니 서 있다. 창문을 연다. 묘지가 보인다. 이 싸구려 호텔은 공동묘지에 붙어 있다. 나는 아름다운 묘지를 보며 약을 먹는다. 해열제와 진통제를 각각 두 알씩.

이것은 명랑한 면이 없지 않습니다. 저는 지금 큰 묘지 옆에 있는 쇼세스트라세에 살고 있습니다. 헤겔과 피히테가 묻혀 있고, 내 창문들은 모두 묘지를 향해 나 있습니다. 브레히트가 말했다.

즉자대자, 자신을 마주하게. 헤겔이 저음으로 말했다. 나는 나를 잃어버렸지만 부끄럽지 않다. 내가 말했다. 당신의

― 묘지에 꽃이라도 갖다놓고 싶지만 나갈 수 없게 되었어. 나는 이렇게 격리되어 있으니까. 우리는 거리를 둔다.

　저녁 일곱시에는 햄버거가 왔다. 차갑고 부드럽다. 방문 앞에 그것을 놓아둔 배달원은 다른 객실의 문을 두드리고 문이 열리기 전에 이동할 것이다. 복도에는 세 개의 문이 있고 공기가 탁하다. 코로나19 확진자들이 주문한 음식은 신호로 전달된다.

　약간 숭고해져서 양상추부터 먹는다. 패티는 마지막에. 난 그냥 외롭고 고독한 걸로 충분해. 어렴풋이 키키 키린이 말했다. 포츠담에 가봤어? 나는 혼잣말을 했다. 은밀한 생은 격리를 통해 가능할까? 나는 다시 중얼거리며 전혀 자기 성찰에 빠지지 않는다.

　말도 안 되는 궁지를 글로 쓰면 자기가 아니게 된다. 헐벗은 채 시체처럼 누운 나, 명랑한 면이 없지 않다. 궁지를 느끼나요? 결론에 도달하지 못한 채 결국 브레히트는 언제나 창을 통해 바라보던 그 시립 공동묘지에 묻혔다.

―

5부

악몽은 잘 이루어진다

사악한 천사의 시

눈이 내린다 밤눈 검은 천사처럼 눈도 새까맣다면 눈 내리는 순간이 영원하다면 그래도 눈을 사랑할까 사랑이 뭘까 연애를 환멸하지만 사랑은 궁금하다 교미를 사랑이라고 말하는 이는 없지

창가에서 책상까지는 다섯 걸음 시집을 펼쳤다가 창문을 향해 내던졌다

이토록 투명하고 고요한 시를 썼다니!

돈에 눈이 있다던데 시에도 눈이 있는 거다 창문 밖에 밤눈은 붐비는데 아버지가 숫자를 불러주셨다 틀니도 없어 여섯 개 숫자 발음이 모호했지만 나는 잠결에 받아 적었다 그날 아침에 로또 네 장 샀다

살아생전 불효했으니 나를 약 올리시나 죽은 아버지가 나오는 악몽은 쉽게 이루어졌다 조상 삼대가 덕을 쌓아야 교수가 된다던데 나는 시간강사 자리도 지키기 어렵다

인상 좋고 시끄럽고 돈 많고 인기 많은 교수가 저토록 투명하고 고요한 시를 썼다니 그는 실제로 사악하며 공격적인 인간일지도 모르는데 소외도 수모도 결핍도 없을 인간한테서 또다시 저런 시가 나오다니

시집을 향해 천천히 기어간다 인간을 미워해도 시는 미워하지 말자 인간을 미워하면서 인간에게 복수하려고 시를 빨리 썼다 이 시만 쓰고 나면 나를 처박은 인간을 찾아가서 죽여야지 그러다보면 살인 충동을 종이가 흡수하여 완충했다 마치 검은 피부의 가브리엘이 원수를 끌어올리는 것처럼

그리하여 쓰나 마나 한 시를 쓰는 동안 나는 자살 충동의 쓰나미를 보류한다 사악한 내가 시라는 물성의 무엇을 쓰는 걸 보면 누구든지 시라는 걸 쓸 수 있다 탐욕스럽고 우악스러운 인간이 쓴 부드러운 서정시가 얼마나 많은가

새까맣게 눈이 오고 시가 검은 산처럼 쌓여 영원히 녹지 않는다 그래도 시를 사랑할까 사랑이 뭘까 난 연애에 관심 없는 천사지만 사랑은 궁금하다 말초적이고 유흥적이며 퇴폐적인 시를 시라고 말하는 이는 없을까 물어볼 사람이 없어서 좋다 사실 나는 사람에 관해 제일 모른다

다리 위로 제설차가 지나간다

야간 비행

오늘 심야에 총소리가 나더라도 놀라지 마시기 바랍니다

식당 문을 열고 들어온 관리자가 서서 입을 열었다

우리는 저녁식사중이었다

오늘밤 포수가 잠복하여 멧돼지를 쏘아 잡을 수 있습니다
멧돼지 어미부터 새끼까지 내려와 밭을 초토화시키곤 해
서 어쩔 수 없습니다
그는 머리를 숙이고 바깥으로 나갔다

김치찌개에 든 돼지고기를 입에 욱여넣고 있던 나는 방으
로 오는 길에

주변을 둘러보면서 천천히 움직였다
새소리가 정적을 무성하게 했다
사 음절의 새소리를 어떤 작가는
홀딱 벗고의 동어반복이라고 했고
어떤 작가는 해석 불가라고 반응했다

내 방 창가에는 잣나무 한 그루 있고 그 너머엔 옥수수밭,
감자밭이 있다
저긴 보라색 도라지꽃 피었으니 도라지밭이다

하지만 요즘 나는 파보고도 믿을 수 없는 사람이 되어간다 ⌐

칠월 스무이튿날 밤이다
검은등뻐꾸기 소리만 유난한 창백한 밤이다
토지문화관 귀래관 집필실이다

나는 유리창을 열어보고 창가를 왔다갔다한다

잘 숨었는지 포수는 보이지 않는다
분간 안 되는 어둠이 온다

어미 멧돼지한테 알릴 수 있을까
새끼들 데리고 내려오지 말라고
이 근처 얼씬하지 말라고
밭으로 가서 손을 흔들면
포수가 나를 돼지로 알고
총을 쏠까

도망쳐라
떠나가라
어떡하지
난 구조 신호도 아닌 방관자의 노래에 가까운 사 음절의
소리를 낸다
⌐

그럼에도 불구하고
말랑하고 따뜻하고 달콤하다
야식으로 배급받아온 옥수수가

내일은 삶은 감자겠지

비밀과 거짓말

자신이 틀렸다는 걸 밝히기 위해 그는 연구했다 자기 가
설의 오류를 찾을 때마다 자신의 책을 개정하고 다시 개정
했다 수면 시간도 아까워 스푼을 쥐고 있었다 졸다가 스푼
이 바닥에 떨어지는 소리에 퍼뜩 눈을 떴다

아름다운 가설을 굳이 끔찍한 팩트로 밝혀야 할까요?

나는 그가 떨어뜨린 스푼을 가지고 나가 정원에 엎드렸다
스푼으로 땅을 팠다 씨앗을 심었다 벌이 꽃가루를 뒤집어
쓴 채 날아다녔다

그의 연구는 의도적으로 방향을 잃었다 그가 쓴 책의 증보
판을 만들었지만 불태웠고 모두가 아는 뻔한 사실, 즉 모든
생명에는 지속성이 있다는 것을 밝히고 그는 죽었다

의도한 것이든, 의도를 변형한 것이든

내가 심은 씨앗에서 싹이 나왔다 싹은 나선형으로 둥글게
자랐다 빅토리아시대의 식물 책 제목처럼 긴 꽃이 피었다

올스파이스

너는 죽자사자 일하면서도 게으르다는 착각에 빠져 있다
너의 잠 한 토막이 소고기 반 근이나 바닐라아이스크림 한 통 이상의 값어치를 가졌다는 걸 모른다
장에 가스가 가득찬 저녁
내가 하려던 말을 네가 내뱉고는 발작적으로 웃었지

이건 본질적으로 고추도 아니고 후추도 아니야
서인도제도 연안이 원산지이며 융기해안에서 잘 자란다고 쓰여 있네
올스파이스나무 열매가 성숙하기 전에 따서 건조시켜 향신료로 쓴대
이젠 가격도 싸지고 희소성도 없대

작은 상자를 주머니에 넣어주는 너에게

햇살이 다채로운 삶의 가능성처럼 빛난다고 말하고 싶다
그러나 아까부터 흐리다
한번쯤 조그만 씨에 마음을 빼앗기고 싶다
사치스러운 향신료 팔레트를 갖고 싶은 거겠지

본질적으로 저것은 뭘까

본질이란 게 있긴 할까

저녁?
안개?
버드나무 종자?
민들레 씨?

길가의 버드나무들 더 멀리 씨를 날려보내려고 가벼운 솜
털로 씨앗을 감쌌다
　민들레 씨앗이랑 헷갈리지
　출처를 보면 안다고
　우리는 가르치고 싶어하지

　서로에게 묻지 않는다
　너의 본질은 뭔지
　자신다워지는 게 뭔지
　자신이 꼭 있어야 하는지
　네가 사랑하는 것이 어디서 왔는지

　오랜 친구에게는 모르는 것이 있다

　우리는 같은 것에 다른 이름 붙이기를 좋아하고 흥분한다
　하늘에 떠 있으면 구름
　이렇게 뿌옇게 눈앞에서 흩어지면 안개
　안개 한 줌은 향이 강한 소화제 한 병 값어치도 없어서

— 웃음만 유발한다 마신다고 장에 든 가스가 배출될 리 없다

비는 선험적 구름이라고 불러도 될까
그것은 더이상 베일에 싸여 있지 않다
비로 하루 노동을 쉰 사람의 이야기를 직접 들었다 건설
현장 아르바이트생은 자신의 게으름을 탓했다
쏟아지는 소나기에 온통 젖은 채 뛰어가던 밤길
우리는 부끄러움을 솜털처럼 감싼 채 물웅덩이 위로 날
아갔다

—

연가

그는 평일이라 어렵다고 했다 다음달로 옮겨보자며 파
묘를 계약한 굴삭기 기사에게는 자신이 직접 전화하겠다
고 했다

윤달에 이장하는 게 좋다는데, 내가 말하자
연가를 다 썼다고 그가 말했다
연가가 뭐야? 〈겨울연가〉는 아닐 테고

누나는 뭐하는 사람이냐고 내게 물었다

잘 모르겠다고 대답하며 전화를 끊고 나니 답변이 생각
났다 정규직을 가져본 적 없지만 연가를 써보고 싶은 사람
이라고

무덤 주변을 배회했다 비석들을 읽었다 모르는 한자가 많
았다 후세가 읽기도 전에 포기할 긴 사랑의 시 같았다

공동 작업실

그러나 나는 그렇게 하지 않기로 했다
길게는 이 년 더 연장할 수 있지만

서로의 표정이 보이지 않는다
누군가의 제안으로 어둠 속에서 얘기하기로 했다

창밖에 벽이 있다 시멘트 위를 덮은 담쟁이는 없다
전망을 방해할 만큼 큰 나무도 없다
밤비 내리고 서로의 얼굴이 보이지 않는다
누군가 말한다
건기는 멀었다고
자신의 어머니는 달빛을 사랑하여 몽유병자가 되었다고
우리는 빛을 향해 달리지 않았다
낮이 어두웠기 때문에 밤에 불 켜지지 않는 태양광 전등
처럼 정직하다
더러는 소용없는 인간이라고 불렀다

작업실은 무엇일까
작업을 해야 할 것 같다
벽 너머 공동 주거지 골목 끝에는 피아노가 있는 작은 교
습소가 있고 루마니아 작가가 죽은 가스실은 세상 끝에도
없을 것 같은데

끝까지 가볼 수 있지만 나는 그렇게 하지 않기로 했다
책상이 있는 한 다른 가구가 필요 없다는 게 사실일까
불쑥 나타나 있고 싶은 만큼 머무르다 떠나도 괜찮을까
가스가 없어도 살 수 있을까

공동 작업실 창가에는 자르고 싶은 나뭇가지가 없고
가시 속으로 파고드는 새가 없고
월광도 없다

나는 바깥에 세워두고 온 전동 킥보드를 생각한다
누군가 그걸 타고 여름 정원으로 가면 좋겠다
만약 밤새 비를 맞고 서 있는다면
기다란 목덜미 같은 손잡이에 악령이 내려앉는다면

요즘 나는 사물에게 친분을 느끼는 이상한 뿔이 생겼다

보여줄 수 있지만 그렇게 하지 않기로 했다
피리 소리를 내는 이 뿔을 모자로 덮어두거나 비밀 서랍
에 넣어둔다

언젠가 방랑을 떠날 것이다
태양광 랜턴을 가지고 전동 킥보드를 타고

—　　얼굴을 모르는 구성원들이 공동 창작하여 개작할 작품에
관해 이야기한다
　　나는 바깥에 귀를 기울인다

　　하루 남았다
　　하루는 구전되는 초원 이야기처럼
　　매우 긴 시간이다

서푼짜리 소곡

그 아이는 강가에 엎드려 있었다 강바닥에 잠겨 있다가 떠올라 흘러왔다고 보기에는 말쑥했다 노란 장화 신고 잠든 아이를 아무도 깨우지 않았다 이십대 초반부터 실명이 시작되었으며 사십대 후반에 들어서 시력을 완전히 잃은 부모는 그를 찾을 수 없었다

솔직히 말해 누군가를 버린 이들은 이렇게 말한다 입에 풀칠하느라 눈에 안 보였다고 인생과 우주의 의미를 찾아 떠났다고 말할 수는 없지 않은가 아이를 친구에게 맡기고 간 사람은 자신의 신을 원망했다

독수리 한 마리가 그 아이를 물고 날아갔다 독수리가 춤추듯 맴돌며 날아오를 때 아이는 인사했다 무너진 집과 강기슭까지 불타오르는 마을을 향해

독수리 마을에서 아이는 어떻게 자랐다 어떤 부사가 어울릴까 언덕에는 사과와 돌배 산딸기가 많았다 그것들은 쉽게 썩었다 마치 세상처럼 아이는 산양의 젖을 마시고 걸리적거리는 고기를 구워 은쟁반에 담았다 점점 글래머러스해졌다 날개 부위를 우물거리며 중얼거리곤 했다 나는 버림받은 음악가야 소곡에 버려진 아이지 그는 하늘과 땅을 번갈아 보며 창을 던졌다

어른의 악몽을 꾸자 아이는 어른이 되었다 그가 처음으로 울부짖었다 장화를 찢어 노란 전등을 만들지 않았다 가끔씩 고개를 끄덕이다보면 노래가 나왔다 음악은 그냥 일어나는 일이므로

엄동설한이었다 물도 잉크도 얼었다 축사 안에 짚이나 장작, 어떤 땔감도 없었으므로 그는 자신의 악보를 난로 안으로 던져 넣으며 추위를 피했다 애초부터 독수리 마을에는 독수리가 없었다 인간의 마을도 그렇지 아니한가

그는 연필로 산양의 노래를 만들면서 몽롱하게 졸음에 빠질 수 있었다 꿈속에서 오랜 세월이 지났다 부모가 찾아왔다 구슬프지 않았다 죄책감에 시달린 부모의 살결이 뽀얗고 아름다웠다 그는 잠을 자러 달려갔다

텍사스에서

정신없이 면을 볶고 있었다 그 새벽에 그가 찾아왔다 어느 날 혼자 사는 사람이 사라져도 아무도 모르기 때문에 그가 나를 찾아왔을 것이다 나는 살인적인 물가에 월세가 밀려 있고 내 강아지의 죽음을 사무적으로 대한 의사와 싸운 적 있지만 이 먼 곳까지

뜨거운 프라이팬으로 그의 머리를 내리치지 않았다 표적이 되면 표정 관리를 잘해야 한다 순순히 계단을 내려가 그의 차 뒷자리에 탔다 댈러스 수목원 근처였다 거리에 안개가 끼어 있었다

우리는 오스틴으로 갑니다 이 말 끝에 그는 며칠 전에 뇌를 열었다가 닫았다고 했다 이후로 모든 소리가 자신의 가청 범위를 벗어난다고 했다 나는 그의 말을 믿지 않았지만 아무 말도 하지 않았다 내면에 발을 들여놓으려고 두피나 피부를 여는 사람은 없는 법이다

번역가 지윤은 튜브형 침대를 놓아두고 존과 나가서 행방을 감추었다 내가 자신의 오픈 릴레이션십에 방해된다고 설마

나는 텍사스에 온 것을 후회하며 물었다 청부 살인을 의뢰받았나요? 내 육체를 먹을 건가요? 그가 운전한 지 세 시

— 간쯤 지났을 때 무려 두 개의 태양이 뜨고 있었다 시트는 차
가웠지만 트렁크 안보다 낫다고 생각했다 내가 죽으면 박수
칠 사람 수를 헤아린다 객사할 운명일까 얼마나 많은 사람
들이 자신이 죽길 바라는지 셀 수 있는 사람은 없다

—

조용한 겨울

어두운 모서리에 서 있습니다 아닙니다 빛을 더 잘 알기 위한 것도 불을 켜기 위한 것도

감독이 초반에 죽인 엑스트라처럼 나는 커튼 뒤에서 움직이는 사람들을 훔쳐봅니다 한 토막의 고기를 가지고 있어요 창밖에는 눈보라가 쉴새없이 몰아칩니다

나는 세상의 수많은 음식에 하나의 음식을 보태는 일을 했습니다 맛있는 것이 없어서 먹을 수 없다는 말을 듣곤 했지요 내가 만든 걸 버리기 아까워서 먹어치우다보니 체중이 백 킬로그램이 넘어갑니다 사람들은 내가 역겨운 질병에 걸려 몸이 부어올랐다고 생각하죠

펜트하우스의 요리사로서 나는 십이월의 저녁 포틀럭 파티를 구경하고 있습니다 깨끗한 정장을 입은 사람들이 아주 조용히 들어왔지요 저들이 비닐 안에 든 음식을 꺼내려고 쩔쩔맬 때는 뛰쳐나가고 싶었어요 요리를 한 게 언제 적이었던가 부질없는 열망과 가벼운 부끄러움이 남은 걸까요 다시 십이월의 새벽에 깨어 당신을 위해 달그락거릴 수 있을까요

꺼뜨린 불은 다시 켜지지 않아요 마지막 요리가 뭐였더라 사그라진 꿈은 영원히 사그라집니다 나는 자줏빛 안개 같은

커튼 뒤에서 뭔가 먹어요 겉은 바삭하고 속은 텅 빈 거죠 환
각적인 향신료를 마구 뿌렸습니다 내 동료의 레시피를 본뜬
겁니다 이 요리를 먹은 사람들이 알레르기와 복통을 호소해
서 그는 해고되었죠 초반부터 감독이 실컷 부려먹다가 엔
딩 크레디트에 이름을 넣지 않은 CG 작업자들 같은 거죠.

나는 해석합니다 사람들은 해석에 반대하지만 내 곁에서
아무도 깨우지 않는 잠을 자는 이들을 해석하는 게 나의 오
랜 습관이죠 낮고 음울한 노래를 더이상 듣지 않아요

내가 어두운 모서리에 서 있다고 해서 빛을 더 잘 알기 위
해서라든가 빛을 본뜨려는 마음을 가지려고 한다거나 그런
게 아닙니다 불 위에 서 있는 감정을 모릅니다 단지 불을 다
루었을 뿐

창밖에는 눈보라가 쉴새없이 몰아칩니다 모친의 유골 가
루가 내려온다고 내 동료가 말한 적 있죠 그는 노끈에 묶인
한 토막의 고기 같아요 우리가 같이 갔던 해변에서 그는 가
늘고 긴 해풍에 말라가던 물고기를 가리키며 물었죠 저들은
무엇에 저항하고 싶어하는 걸까 CG가 아니라 실제 상황이
라는 점을 강조하고 싶은 거겠죠

말라가는 것 얼어붙은 것들이 여기에 있습니다 내 곁에 도

처에 어둠 한가운데서 허물어지며 나는 쇠파리처럼 내게 들
러붙었던 이들을 떠올립니다 때늦은 대응이죠 창밖엔 연쇄
충돌로 도로가 아수라장입니다 한강 위로 폭설 내리는 저녁
입니다 백 년 만의 폭설이래 여기 모인 이들은 말합니다 아
름다운 시티 뷰야, 장관이군

미추

해변 바위에서 미끄러졌다
동행이 구급차를 불렀다

공룡알 화석을 구경하고
돌아오는 길이었다

미추가 부러진 것 같습니다
MRI 찍어보시죠

의사가 대수롭지 않게 말했다

꼬리를 끌며
네 발로 배회하던 시절이
기억난다

무인도 해변을 기어다니며
게걸스럽게 따스한 배설물을
먹어치운 기억이 난다

미천한 태생의 흔적이라고
아무도 말하지 않는다
나는 내 나이보다 오래된
수수께끼를 가졌으나

꼬리를 감추는 습성이 있다

미와 추를 분별도 못하면서
꼬리뼈 보호 쿠션 방석에 앉아
논문들을 베껴쓴다

현지인

여긴 참 예쁘네요
자전거 빌려 타고 호숫가를 돌던 사람 둘이 그의 곁에 선다

그는 길을 물어보기 쉬운 사람이다 그는 호수에서 멀어지
는 여러 갈래 길을 안다 숲의 사계를 안다

그는 언제나 너의 근처 어딘가에 있다
그는 얼굴을 수면에 비춰보지 않았고 물위에 글씨를 쓰
지 않으며 수중 생물을 관찰하지 않는다 넘실거리는 물맛
을 모른다
이따금 그는 호수 둘레를 천천히 걷는다

밥 말리가 좋아 자메이카로 여행 갔던 날들을 후회한다 그
는 종이컵보다 많은 후회 쌓기를 좋아했다

왜 떠나지 않니? 더이상 호숫가에 머물 이유 없잖아? 커
피 마시며 친구들이 묻는다 그가 왜 사업에 실패했는지 침
묵한다 나무가 새들에게 그러하듯

한철 머무는 새를 사랑했다 새들은 나무를 사랑할 때마다
날개를 접어야 해서 자신의 전부를 보여주기 어려웠다 추
위가 심해지지 않아도 먹이가 모자라지 않아도 철새는 떠
났다 철새니까 나무는 환송한 새의 수만큼 가지를 만들었다

그는 길을 물어보기 쉬운 사람이다 아무런 결정도 하지 않고 희미하게 소음이 들리는 숲에 서 있다 사람들이 다가올 때마다 멈칫 놀란다 로컬 푸드 파는 식당을 물어보거나 임시 숙소, 관공서 따위 물어올 때면 이방인처럼 지도를 펼친다

  숲과 호수는 가까이 있다 서로 투사하되 범람하지 않는다 때때로 죽은 나뭇가지가 물위에 떠다닌다 너는 그의 곁에 있지만 피부처럼 둘레를 유지할 것이다 자연스럽고 불투명하게

  관광객들이 보트를 타고 호수에 들어가는 오후에도 아무도 오지 않는 계절에도 그는 호숫가에 서 있다 호수를 좋아하지만 접촉하지 않는다 증상 없는 감염자처럼 자신의 위독을 알아채지 못한다

  그는 호수에서 멀어지는 아홉 갈래 길을 안다 숲의 사계를 안다 늦은 저녁에 갈라지는 사람들은 흐릿한 안도를 느끼며 집으로 간다 그는 우울도 울분도 없는 마음을 둔중한 발로 옮기며 아주 어두운 숲으로 간다

일반 상식

정오가 지났을 때 소나기가 왔다

소나기는 집요하지 않지만 흠뻑 맞게 된다

비로소 비에서는 빗물맛이 났다 봄부터 나는 냄새를 깊이
맡지 않았다 얕고 넓게 방역 상식을 익히는 게 필요했다 코
와 입을 가렸던 마스크를 수면 안대로 활용했다

동상 뒤에는 서로 끌어안고 입을 맞추는 커플도 있는데 나
원 참 일쩍 올 거라던 사람은 오지 않고 자신을 격리해야 한
다고 톡을 보내왔다

그녀는 초기 확진자였으므로 접촉한 사람들을 낱낱이 밝
혀야 했다 감염 사실을 모르고 다녔던 식당과 주유소 놀이
공원 모든 동선이 파악되어 알려졌다 그녀의 일상은 경계해
야 할 만행으로 불려졌다

그 후유증으로 그녀는 대인기피증에 걸렸다 시대를 앞선
천재들이 매장된 방식과는 다르게

고립의 감각이 쌓였다 구급차가 지나간다 공기업 필기시
험장 앞에는 폐쇄가 해제된 미술관이 있다 나는 응시표를
들고 미술관으로 향한다

외로운 사람

    지금도 그는 책상 앞에 웅크려 있다 자신이 만든 기울어진 문장에 빠져 있다 이따금 마당으로 가서 구황작물을 캔다 죽은 토끼를 마당에 묻는다 하루 한 끼 정도는 챙겨 먹는다 그는 웅크려 앉아 손톱을 깎거나 자신을 쓰다듬기도 한다 기도할 때도 있다 자세히 보면 자기 살을 파먹는 사람 같다 밤에 체조를 하고 창밖을 본다

    풀과 구황작물 줄기들이 하늘로 치솟고 있다 그는 누군가와 다정하게 찐 뿌리들을 나눠 먹고 싶다 잡목숲을 헤치고 올 만도 한데 아무도 그를 찾아오지 않는다 그는 울타리도 만들지 않았다 크리스마스 리스 와이어처럼 가늘고 긴 전선으로 마당을 둘렀을 뿐이다

    그는 자신이 제법 개방적인 사람이라고 생각한다 그는 왜 아무도 자기에게 오지 않는지 알지 못한다 문을 열었다 닫고 다시 열곤 한다 그의 전선은 기울어졌고 고압 전류가 흐른다

    어제는 이웃집 닭이 죽었다 고라니나 멧돼지를 쫓으려고 쳐놓은 그의 마당 전선에 닿아서 당신이 축사 문을 열어둔 게 실수이지 않습니까 그가 파랗게 질린 이웃에게 말했다 지금도 그는 책상 앞에 웅크리고 앉아 있다

6부

어쩌면 시에 의미가 있을지 모른다

구도시

"뭐라고요? 어째서 제가 당신의 엄맙니까?"

승강기 안에서 마주친 청년에게 나는 대꾸했다
대뜸 그 남자가 나를 어머니라고 불렀기 때문에

이 도시에서는 아이들을 볼 수 있다
이 도시에는 젊은 부부도 많다

이런 게 나는 두려울 정도로 신기하게 느껴진다

어머니에 관해 말하는 게 금기였던 시절이 내겐 있었다
아버지가 떠난 엄마를 싫어했으니까

노인과 걸인, 독신자는 어디에나 있다

 학습지 선생이 바닥에 내려놓았던 묵직한 갈색 가방을
메고
 전단지를 들고
 구층에서 내렸다
 저 사람을 내가 곤혹스럽게 했던 것이다
 학습지 회사에서 고객을 부르는 호칭을 어머니로 통일했
을지도 모르는데

저기요나 아줌마라고 불린 것보다 나을까
어머니와 엄마는 성질이 다른데
나를 뭐라고 불러야 할지 나 자신도 모르는데

복도가 따뜻하고 조용하다
우유가 네 개 쌓여 있는 문 앞을 지나치다가 멈춰 선다
돌아가신 건 아닐까
깡마른 할머니가 혼자 사셨는데

나는 이 집 초인종 앞에 검지를 든 채 머뭇거린다
작게 두드려본다

"실례지만, 어르신, 안에 계세요?"

"어머니, 무슨 일 있으세요?"
어쩌면 엄마는 부르지 말라고 해도 막을 수 없는 구조 신호

울면 터져나왔던 시니피앙

점점 크게 문을 두드린다
"어머니, 어머니, 문 좀 열어봐주세요!"

비지엠

현금을 가지고 다니면 꼭 쓸 일이 생긴다
아는 사람이 만원을 빌려달라고 했다

지난주엔 만원 가지고 로또 사려고 했는데
포장마차 음식을 사 먹어버렸다
걸인이 다른 사람 다 놔두고 내 코앞에서 손을 내밀었다

칼이나 총도 지니고 있으면 꼭 쓸 일이 생기겠지만
좋아하는 물건 가지고 다니기도 버겁다

라이브 카페에서 친구가 용기를 내었는데
피아노 뚜껑이 잠겨 있었다

악몽은 잘 이루어진다

냉장고 열고 문을 무릎으로 받친 채 신선칸을 열고 손가락
으로 잡았을 뿐인데 멜론은 그 자리에서 형체를 알아볼 수
없을 정도로 뭉그러지며 과즙을 쏟았다

간밤엔 비슷한 예로 길게 사과했던 꿈을 꾸었고
하루종일 온도와 톤 조절에 실패했다

오늘을 정리하는 음악을 틀었다

뮤직 스트리밍 무료 체험 기간은 오늘까지다
서랍을 열고 지갑에 천원짜리 열 장을 챙겨넣었다
바라나시에서 매일 언니가 일 달러 몇 장을 준비하던 것
처럼

티켓은 없지만 여행 음악은 충분하다

불을 끄자 활기와 밤이 되살아났다

신년 청춘음악회

1악장은 서주 없이 바이올린으로 시작된다 아름다운 꿈 같은 황홀한 세계로 들어가는 기분일 거라고 너는 연주회 팸플릿에 적힌 내용과 한 글자도 다르지 않게 말했다

일층 1열 중앙 좌석에 앉아 오케스트라 공연이 시작되기를 기다린다

무대 양쪽에서 연주자들이 나온다 모두 검은색 정장 차림이다 자신의 악기가 배치되어야 하는 데가 자신의 자리이다

무대 오른쪽 맨 뒤편엔 네 동생이 앉는다 그가 단원이 되기 위해 한 노력에 관해 너는 수없이 말했다 그의 진짜 삶은 오늘부터라고 했던가 이 공연이 그의 첫 무대다

오보이스트가 라 음을 내면 모든 악기가 첫 음을 조율한다 나는 이런 튜닝 시간이 좋다 긴장감 도는 얼굴들 즉흥적으로 다채롭게 뒤섞이는 선율들

이제 곧 아름다운 꿈 같은 황홀한 세계로 들어갈 거야 나는 속으로 말한다

스웨덴에서 날아온 수석 객원 지휘자가 등장하겠지

느닷없이 모든 무대조명이 꺼졌다 무슨 퍼포먼스를 하는 걸까 객석은 술렁거렸다 그때 가만히 있으라는 방송이 나왔다 연주자들은 악기를 감싼 채 가만히 있었다 곧이어 무대 천장이 내려앉았다

사망자 대부분이 이십대였다 무대에 오르기 위해 조율하고 연습만 했던 이들이 많았다 생애 동안 준비만 했던 이들이 많았다

객석의 사람들이 구경만 한 건 아니었다 몇몇 부상자가 있었다 별로 실력도 없는 교향악단 연주회에 왜 갔느냐고 비난하는 어른들도 있었다

새해 벽두부터다 나는 계속 야상곡을 틀어놓은 채 선잠이 들었었다 눈물을 닦는다 꿈이 아닌 것 같다

먼 미니멀 라이프

고심 끝에 미용실 거울 앞에 앉으면
지금 헤어스타일도 괜찮아 보인다

그래도 마음먹었으니 바꾸겠다
머리 잘라주세요
여기서 머리카락이라고 말할 필요 없다
그 남자 자르고 왔어
내가 담배 피우는 걸 못 봐주더라구

내 건강은 무슨!
졸라 담배 냄새 싫은 거지
자기가 암 걸릴까봐
아, 몰라

분무기 사났어?
거추장스러워도 다리미판 버리지 마
잡동사니 같은 것도 버리면 안 돼
돈 많은 사람들이나 미니멀 라이프지

명지대학교 뒤편 미용실에서
나는 옆자리 사람이 룸메이트와 통화하는 걸 듣고 있다
옆에서 까닥거리고 있는 슬리퍼 캐릭터까지 총명하고 고
집 세 보인다

굳은살도 귀엽다
발목 문신도

궁핍한 내 내면에는 수많은 물건들이 달그락거리며
무너질 듯 쌓여 있다
쓰레기 같아도 버리면
살 수도 살아갈 수도 없는
저 젊은 사람은 학생증 보여주고
삼십 퍼센트 할인받는다

켤레

  지금 찾지 못한 신은 내일도 찾지 못할 것이다. 새 신을
잃어버렸다.

  유일한 신은 아니지만, 오오, 신이여. 국내에 단 한 켤레
뿐인 신발을 신은 연예인처럼 자랑할 신도 아니지만, 내게
도 신이 있었다. 큰맘먹고 산, 에어쿠셔닝 기능이 있어 달리
기에 좋은, 아직 진면목을 경험하지 못한.

  양양 해변을 뛰어다녔다. 격한 감정에 휩싸여 신을 찾아
다녔다. 신을 벗어두고 차가운 모래밭을 걸어봤을 뿐인데,
왼쪽 발만 사라졌다.

  오후 내내 모래밭을 뒤졌다. 해안이 어두워졌다. 나를 얼
려 죽일 심산인 듯 바람이 몰아쳤다. 온도에 민감한 악기처
럼 바다가 내는 파도 소리는 엉망진창이었다. 설령 파도가
내 신을 데려온다고 해도 나는 영원한 머저리라서 알아보
지 못할 것 같았다.

  지금 가지 않는 길은 내일도 가지 못할 것이다. 길은 시꺼
멓고 왼발이 마찰하는 지면은 차갑고 거칠었다.

  택시를 잡아타고 속초 로데오거리에 내렸다. 벌벌 떨며
다리를 절었다. 니케의 날개가 로고인 신발 가게를 찾아냈

다. 마감 시간 임박했다. 사이즈 있어도 신발은 한 켤레로
파는 겁니다. 왼발만 팔 수는 없어요. 어디서도 살 수 없을
겁니다. 매장 직원이 말했다.

고무장갑은 한 짝씩도 파는데, 왜 운동화는 한 짝을 팔지
않는 거죠? 한 짝을 잃어버린 사람은 어떻게 하라는 거냐
고요? 현악기와 활도 따로따로 팔잖아요. 나는 항변했지만,
직원은 나가달라고 했다. 나는 결례를 저지른 사람처럼 입
을 다물었다. 직원은 대걸레를 잡고 바닥을 닦기 시작했다.

지금 집 없는 사람은 이제 집을 지을 수 없다는 문장은 지
금 홀로 있는 사람은 오래오래 그러할 것이다, 라는 예언적
문장 앞에 온다. 나는 두리번거리며 릴케를 신처럼 생각했
던 때를 떠올렸다. 그 시절 나는 주일학교에 가서 발을 씻
겨준 신에 관한 말씀을 듣고 선물도 받았지만, 벗어둔 신을
잃어버린 적 있다.

여자 혼자는 투숙할 수 없습니다. 얼마 전 큰일이 있었거
든요. 모텔 주인이 창구에서 목을 빼고 내 발끝까지 쳐다봤
다. 아슬아슬하게 나는 날개를 접고 한쪽 발로 서 있었다.
집으로 가는 차도 끊겼고요, 신발 파는 가게도 전부 문 닫아
서요. 내 말이 끝나기도 전에 그는 문을 쾅 닫았다.

노이렌바흐

태어나보니 빈민가였다
여섯 살 때부터 계부가 폭행했다
그는 아침마다 일어나자마자 나를 성폭행했다
엄마는 보고도 모른 척했다

문 앞에서 울고 있는 나를 스케치했다
오렌지나무는 그리지 않았다
그는 같은 골목에 사는 화가 아저씨인데
자기 집으로 가자고 했다

자꾸만 그는 나의 누드를 그렸다
발가벗기고 초록색 양말만 신기기도 했다
배경은 삭제하고 파격적으로
표현의 자유는 중요하니까
요조숙녀 모델은 비싸니까

나는 독감에 걸렸고
무료하고 따분하게 뼈만 남았다
그의 전시회가 성황이라고 하는
웃음 섞인 부모의 말이 들려온다

모르는 지인

지인이 사라졌다

그녀의 휴대전화가 꺼져 있다
그런 게 한 달 넘었다

혹시 그분이 자기 언니처럼 자살한 건 아닐까요?
다른 지인이 내게 말했다

여기저기 수소문했지만 아무도 그녀의 행방을 모른다
나 또한 그녀의 집주소나 그녀 가족의 연락처를 모른다

우리는 한때 직장 동료였고 이따금 속사정을 털어놓곤
했다
나는 그녀를 친구라고 생각했었다

몇 해 전 매주 만났던 이를
모처럼 다시 만났다

우리가 모이던 일요일 저녁마다
그는 누구보다 일찍 와 있었고
특별한 사정 없으면 언제나 나보다 늦게 남아 있었다

오늘 처음 둘이서 함께 걸었다

—　출렁거리는 월광 아래로

그가 왼쪽 다리를 조금 절룩거렸다
횡단보도 앞에서 내가 물었다

걸음이 왜 그래요? 최근에 다쳤어요?
여태 모르셨어요? 선천성 소아마비로……

어쩌면 내겐 단 한 명의 지인도 없는 것이다
친하다고 생각했지만

달의 뒤편처럼 모르는
사람들이 길을 건너
각자의 세계로 흩어졌다

—

그림자 없는 여자

낡은 집기를 버리는 날이었다
백인 남자가 운전석 창문을 열고 욕을 하며 지나갔다

그는 다시 돌아와
내가 버린 의자를 집어던졌다
의자는 어떤 의지가 있는 것처럼 부러졌다

두 번 죽을 수는 없다
가라지 세일은 취소되었고
평년 이하의 기온이 계속되었다

완벽한 슬픔은 여기 없다
그걸 겪은 사람은 모두 죽었으니까

비가 오래 왔다
비라고 그러고 싶진 않았겠지

새들이 죽어가는 나무에게 노래 들려주러 왔다
어차피 우리는 오해하는 족속

내 방은 습하고 어두운 빛으로 가득했다
대개는 한 달도 못 살고 떠났지만

―　그럼 뭘 더 버리지

　　나의 시간은 비교적 부서진 채
　　이 년 가까이 멈춰 있었다

　　여행이었다고 치자

　　모든 게 수하물
　　기준보다 나는
　　약간 미달이었다

―

크리스마스 에디션

기타를 찾으러 갔다 팽나무가 쓰러졌다 기타를 찾으러 갔
다 방파제가 무너졌다 기타를 찾으러 갔다 기타가 물에 빠
지기 전에 기타를 찾아야 한다 물에 떠내려온 지붕 때문에
다리가 무너졌다 기타를 찾으러 갔다 시가지가 침수되었다
기타를 찾으러 갔다 시가지가 정전되었다 기타를 찾으러 갔
다 내가 수리를 맡긴 기타 괴물 같은 기타 센티멘털한 기타
모든 걸 잃어도 살아남고 싶은 기타 한정판 기타 이 세상에
너무 많은 기타

어제의 말들

우리는 같이 독일어를 배웠고
우리는 불경기에 같이 복싱을 시작했었다

우리는 여름을 함께 보냈다 너는 노래를 한 키 낮춰서 부르곤 했지 무성의하게 파편적으로

나는 독일어를 계속 배웠고 너는 복싱을 계속했다 무언가를 잊으려고 무엇인가를 끊임없이 두드리는 사람처럼

경기에 나갈 거니?

문도 말문도 열리지 않았고 집요하게 의아해지는 일들이 반복되었다

우리는 서로를 빤히 쳐다보았다
정면을 응시한다고 해서 이해할 수 있는 건 아니지만

아주 가까운 거리에 우리가 살았다는 사실에 놀랐다
육교에서 마주치다니

태양은 그림자놀이를 하지 항상 다른 것을 보여주고 싶어해
너는 왼팔을 쭉 뻗어 내 그림자를 친다

우리는 소용없는 것을 배우며 할일을 피한다

안전모를 손에 든 사람이 긴 막대기에 꽂힌 어묵을 먹고
있다

눈이 흩날린다 무심코 딸려 들어간 티슈 한 장이 망쳐놓은
스웨터를 털 때처럼 눈이 내게로 불어온다

프리랜서

너무 예민한 거 아시죠?

걸핏하면 부장이 내게 하는 말
항상 웃으며

제멋대로 지껄여놓고 덧붙이지
선생님은 말이죠 너무
예민해서 제가 할말 다 못 하는 거 아시죠?

그는 이상하게
즐기는 것 같다 언젠가
자신이 들었던 말을 내게 되갚으며

가련하게도
자신도 수년째 몰래 이직을 궁리중이면서

뻔한 인사말을 씹는 것보다 낫지
잘 지내는지 아닌지 보고할 의무는 없어
네, 그럭저럭 지내요

그럭저럭은 텀블러 씻는 소리 같지

넌 너무 예민한 거 같아

중학생 시절 미술실에서 교사한테 들은 말
제 뜻대로 안 되니까
첫번째 가스라이팅

면담은 대체로 치욕적이고
만남은 지나간 수모 불러일으키지

엘리베이터 앞에서
잘 지냈어?

기분 거지같아도
네, 그럭저럭 지내요

내일

"공부 열심히 해.
내가 누구 때문에 사는지 알지?"

한 여인이 전철 안에서 통화한다
아마도 전화기 너머 자기 자식에게 묻는 것 같다
자식이 받을 부담감이 통째로 내게 건너온다

강이 보인다
잠실철교 위다
대낮이다

나는 무슨 공부를 하나
누구 때문에 사나

밀린 월세 받으러 간 주인이 발견하게 된
싸늘한 존재처럼

아무도 없이 죽어가도 될까
이렇게 살아도 될까

다른 누구 때문에 살면
삶의 까닭이 선명하겠다
묵직하고 무섭겠다

그리운 이는 물 건너
혼자 외로이 있는데

포기할 수 없는 게 내겐 있는지

차라리 살고 싶을까
나 때문에 사는 사람이 있다면

나 때문에 이러지도 저러지도 못하는 사람이 있다면

복행(復行)의 시 —
소유정(문학평론가)

1. Not to land

입국장 문이 열리기를 기다리며 시집의 문 앞에 마중나온
한 사람이 있다. 공항에서 친구를 기다리는「입국장」의 화
자가 느끼는 감정은 오랜만에 친구와 조우한다는 설렘과 기
대가 아니라, 이 나라와 이 도시에 대해 어떻게 소개하면 좋
을지에 대한 걱정이다. 살아가고 있기에 사랑한다고 말하
고 싶은 도시이지만, 실은 살아가고 있다고 하기도, 또 사랑
한다고 말하기도 쉽지가 않다. 동시대를 살아가는 우리가
그 까닭을 모를 리 없다. 공항뿐 아니라 도시의 어느 곳에나
있는 "제과업체의 체인점"을 발견하면 이제 가장 먼저 떠오
르는 것은 빵이 주는 달콤하고 포근한 이미지가 아닌 "빵공
장 기계에 끼여 숨진 노동자의 얼굴"(「입국장」)이기 때문이
다. 뿐만 아니다. 일상 속에 갑작스레 침입해오는 "날카로
운 비명소리"는 "밀려내려가다 꼼짝없이 매몰되었던 사람
들"(「입국장」)을, "가만히 있으라는 방송"에 "생애 동안 준
비만 했던 이들"(「신년 청춘음악회」)이 죽음에 이르렀던 사
건을 상기시킨다. "꿈이 아닌 것 같다"(「신년 청춘음악회」)
는 중얼거림과 함께 눈물이 흐르는 것은 이 악몽 같은 사
건들이 정말로 꿈이 아니라, 사고가 참사로 이어지는 경악
스러운 현실로서 지난 십 년간 체험되어왔기 때문일 테다.
　「입국장」에서 '나'는 "미국 국적 친구"가 살고 있는 도시
와 이 도시를 견주어보며 친구를 안심시킬 말을 찾는다. "최

소한 총성이 울려퍼지지는 않는다"는 것이 유일한 장점이었
으나, 그것은 이 도시를 사랑할 수 있는 조건으로 충분하지
않다. 노동 현장에서도 일상에서도 안전이 보장되지 않으며,
"불법 촬영"과 같은 만연한 범죄에 노출되어 있는 이곳에서
"총성"과 같은 어떠한 신호탄도 없이 매일같이 조용히, 사람
들이 죽어가고 있다는 사실이야말로 오히려 더 공포스럽다.
이 시의 화자가 단순한 걱정을 넘어, "어두운 방"에 가두어진
채 "발작"하는 신경증적인 모습을 보이는 까닭도 그 때문일
것이다. 방문 밖을 나서면 무슨 일이 벌어질지 알 수 없으므
로, 김이듬 시의 화자는 반쯤은 자발적으로 수인(囚人)이 되
기를 택한다. 선뜻 열어 보일 수 없는 문 앞에 서서 고통스러
워하는 한 사람. 이 시집에는 그의 뒷모습이 각인되어 있다.
　누군가는 현실의 면면을 들여다보지 않는다. "백 년 만의
폭설"로 인해 "아수라장"이 되어버린 "도로"에는 관심 없
이 눈이 내리는 모습만 보며 "아름다운 시티 뷰야, 장관이
군"(「조용한 겨울」) 하고 감탄하는 이들처럼 말이다. 하지
만 이러한 부조리마저 모두 그려내고 있듯, 김이듬은 선택
적인 응시를 하지 않는다. 「입국장」이 시집의 문을 여는 첫
번째 시로 배치된 까닭 역시 그와 같은 이유에서일 것이다.
우리에게 당면한 현실의 문제를 잊어서는 안 된다는 제언이
자 외면하지 않겠다는 다짐으로 이 시는 유효하다. 이 마땅
한 이끎 앞에서 우리가 할 수 있는 건, 시인이 그러했듯 똑
바로 눈을 뜨고 바라보는 일뿐이다.

2. 상실된 실존의 감각

『투명한 것과 없는 것』에서 대부분의 화자들은 '나'라는 존재에 대한 자기 확인에 거듭 실패하는 모습을 보인다. 가령 "나는 나를 떠나버린 것 같다"거나 "나의 여부를 알 수 없다"(「법원에서」), 또는 "나는 있었지만 존재하지 않았다"(「너는 여기에 없었다」)는 진술에서처럼 시적 화자는 인간으로서의 실존 감각을 잃어가는 자신을 정확히 진단하고 있다. 다수의 시편에서 이들의 목소리가 여성의 것으로 특정되고 있는 사실을 염두에 둘 때, "나는 인간의 끝에 겨우 붙어 있다"(「주말의 조건」)는 진술은 '이등 시민'으로 지금 여기를 살아가는 여성으로서의 삶과 긴밀하게 연결된다. 이는 앞서 살펴본 현실의 문제와도 맞닿아 있다. 실재하는 세계에서 도무지 믿기 힘든 '진짜' 사건들을 마주할 때마다 한 개인으로서의 '나', 여성으로서의 '나'에 대한 실존 감각은 점차 희미해져간다. 특히나 '진짜'를 가르는 아래와 같은 시 앞에서는 더욱이.

　　해변으로 떠내려온 나체가 있다
　　익사체를 구경하는 사람이 있다

　　정말 진짜 같아

누가 사람인가

　단골 술집에서 나온 사람이 눈밭에 쓰러진 사람을 보
았다
　이 세상에 믿을 게 없어요
　이것은 노래인가 아우성인가

　지하철 알루미늄의자에 앉아 그는 외국에서 올 여자를
상상한다
　무료배송으로 도착할 진짜 여자의 촉감을 기대한다
　인터넷 쇼핑몰 뒤져 걸스카우트 유니폼을 고르고 있다
　말을 하는 여자는 피곤해

　지난번 여자는 해변에 데려가서
　여섯 개의 조각으로 손쉽게 버렸다
　분리수거 봉짓값을 벌었다
　　　　　　　　　　　　　　—「리얼리티」 전문

　이 시는 사람들의 등장을 기준으로 세 장면으로 나누어볼
수 있다. (1) "해변으로 떠내려온 나체"와 그것을 "구경하
는 사람", (2) "눈밭에 쓰러진 사람"을 바라보는 "단골 술집
에서 나온 사람", (3) "외국에서 올 여자를 상상"하며 "유니
폼을 고르"는 남자가 등장하는 장면이다. 각각 다른 장면을

떼어다 붙여둔 것 같지만, 모두 '진짜'를 논하고 있다는 점에서 연결고리를 갖는다. "정말 진짜 같아" 수군거리는 사람들 속에서 시는 묻는다. "누가 사람인가". 다시 말해, 누가 진짜인가.

우선 '진짜 사람'을 판별할 필요는 "진짜 여자"인 리얼 돌과 관망의 대상이 되는 몸을 나란히 둘 때 생긴다. 이들 사이에서 '진짜 사람'은 쉽게 판별되지 않는다. 남자가 주문한 리얼 돌은 생생한 "촉감"을 지녔고, 남자에게는 "말을 하는 여자"보다 더 "진짜 여자"로 여겨진다. 해변에서 발견된 "익사체"와 "눈밭에 쓰러진 사람" 역시 마찬가지다. 그들이 '진짜 사람'인지, 아니면 "지난번 여자"처럼 누군가에 의해 버려진 리얼 돌인지 혼동된다는 점에서 "누가 사람인가"에 대한 정확한 판단은 유보된다. 그런데, '진짜'에 대한 문제는 타자화되는 몸에만 있지 않다. 이 시가 겨냥하는 것은 그 몸을 바라보고 있는 눈들이다. 사람이라는 이유만으로 그를 '진짜'라고 할 수 있다면, "익사체를 구경하는 사람"도 "눈밭에 쓰러진 사람"을 보며 "이 세상에 믿을 게 없어요"라고 말하는 이도 '사람'이라고 인정해주어야 하는가. 곧바로 긍정하기 어려운 까닭은 그들이 사람이라면 응당 그래야 한다고 여겨지는 도덕적 수행에 이르지 못했으며, 수행 의지 또한 보이지 않기 때문일 것이다. 결국 '진짜'라고 말할 수 있는 것도, "사람"이라고 확언할 수 있는 자도 존재하지 않는다.

이 시가 선사하는 유일하고도 끔찍한 리얼리티는 "해변으로 떠내려온 나체"가 "여섯 개의 조각"으로 버려진 "지난번 여자"와 연결되는 마지막 부분에 있다. '그'가 "말을 하는 여자"에 대한 은근한 혐오를 드러내며 "진짜 여자"로 여기는 여성의 신체를 조금의 죄의식도 없이 조각내고 유기한 사실이 밝혀지는 장면은 여성을 대상으로 삼았던 실제 성범죄 사건을 떠올리게 하며 쉽사리 시에서 벗어날 수 없게 만든다.

위의 시에서와 같은 사건들을 거치며 이 시집의 여성 화자는 실존에 대한 감각이 상실되었다는 인식을 넘어, 자신의 분명한 결여에 대해 "내겐 순결성 고유성 정체성 없었다"(「주말의 조건」)고 직접적으로 내뱉기에 이른다. 빈자리에 들이닥치는 건 오직 공포와 불안이다. 때문에 이들이 실재하는 자신을 실감하게 되는 건 충만한 생의 감각에 의해서가 아니라, '다행'이라고 여겨지는 짧은 순간에 의해서다. 이는 혼자여서 겪는 문제가 아니다. 두 명의 여성이 함께 있는 경우에도 다르지 않다.

1

지갑을 찾았다니 다행이다

너는 땀을 닦으며 명함만한 종이를 꺼낸다

쿠폰 열 장 붙였으니 무료 커피 한 잔이야
다행히 잃어버리지 않았어

카페가 문을 닫지 않은 것도 다행이다

입버릇처럼 너는 말하지
다행이라고

다행은 행운이 많다는 뜻이기보다
위기를 모면한 이의 탄식처럼 들려

(……)

2

현관 방충망을 붙이느라
땀을 쏟았다
문을 열어둔다
바람이 들어온다

도둑이나 강도가 들어오면
어쩌지
대책 없겠지

책을 보며 너는 중얼거린다
그나마 다행이야
둘이 있잖아

조금 열린 문으로 들어가 성폭행한 사람의 뉴스를
나는 말하지 않았다
아파트 엘리베이터에서 이웃 여성을 무차별 폭행한 사
람의 기사를
네가 말한 후에도
　　　　　　　　　　　　—「다행은 계속된다」 부분

　이 시에서 '너'는 "입버릇"처럼 "다행"이라고 말한다. 이
는 잃어버린 지갑을 찾았을 때나, "무료 커피 한 잔"을 받을
수 있는 카페가 문을 닫지 않았을 때와 같이 일상 속에서 적
절히 쓰이지만, '나'에게는 이 말이 "행운이 많다는 뜻"보다
"위기를 모면한 이의 탄식"을 담은 말처럼 느껴진다. '나'의
짐작은 "뉴스"와 "기사"로 보도된 실제 사건처럼 열린 문 사
이로 "도둑이나 강도"가 들어올 수 있는 상황에서 두 사람이
행하는 발화("언니가 와서 다행이야" "열대야지만 문을 열
수 있어서 다행이야", "그나마 다행이야" "둘이 있잖아")로
더욱 선명해진다. 둘이 있다는 사실과 "그나마라는 부사"로
'너'는 겨우 안도하며 "다행"을 말한다. 둘이 함께 있다고 해

서 범죄의 가능성이 사라지는 것은 아니지만, "조금 열린 문으로 들어가 성폭행한 사람의 뉴스"에 대해 '나'는 이야기하지 않는다. "위기를 모면한" 매일의 "다행"이 모여 하루하루를 연장하는 것이 삶이라면, 또 한번 안도의 숨을 내쉬는 순간을 망치고 싶지는 않았을 테니까. 그저 함께 "다행"이라고 말하며, '나'는 계속되는 다행 속에서 살아 있음을 느낀다.

3. 투명한 것과 없는 것을 혼동하지 않을 때까지

죽음으로 이어지는 노동자·여성·청년의 사회적 문제와 함께 '나'라는 개인의 리얼리티가 성립되지 않는 원인으로 제시되는 또다른 공통 감각은 우리가 통과해온 팬데믹의 시간에 있다. 시에서 선명히 그려지는 "고립의 감각"(「일반상식」)은 "감염된 신체"(「호텔은 묘지 위에 만들어졌다」)로 격리되어야 했던 지난 기억과 맞닿아 있다. 특히 낯선 이국에서 여러 번의 격리 이동을 겪었던 화자의 경험이 드러나는 시편들은 그를 더욱 희미한 존재로 느껴지게 만든다. 이는 격리가 해제된 뒤에도 여전히 선연하게 남아 '나'를 따라다니며, 세계와 타인과의 관계를 넘어서서 자기 자신과 격리되어 있는 듯한 감각 속에 화자를 고립시킨다.

앞서 이 시집에 각인된 이미지가 문 앞에 서 있는 한 사람의 뒷모습이라 말한 바 있듯, 외면할 수 없는 현실을 마주하

기 위해, 또 "나의 여부"(「법원에서」)를 확인하고 실재하는
'나'를 마주하기 위해서는 이 문을 열어야만 한다. 문밖의
세계는 「리얼리티」에서 마주한 장면과 다르지 않다. 확언할
수 없는 '진짜'가 뒤섞인 가운데 김이듬의 시적 주체는 "누
가 사람인가"(「리얼리티」)를 물었던 것처럼, 자신을 혼동하
게 하는 것을 직시하고 정확하게 판단하고자 한다. "투명한
것과 없는 것을 혼동하지 않을 때까지" "모든 사물과 사람
들이 가진 양면성에 관해 생각"(「간절기」)하면서.

　　유리창을 닦는다
　　안에서 닦고 밖으로 나가서도 닦는다

　　유리창을 유리창이 없는 것처럼 닦아놓으면
　　새가 부딪혀 죽는다
　　사람의 얼굴이 깨지기도 한다

　　이목구비 안쪽을 닦는
　　수양이 중요하지
　　교양 높은 이들이 나에게 팁을 주었다
　　코뼈 부러지고 뺨이 찢어져봐도 이런 말 할까

　　커다란 창이 있는 호텔 라운지형 카페에서
　　나는 주말에만 아르바이트한다

바깥 사람들은 상스럽게 부채질하며 말다툼하고
　　안은 쾌적하지만 약간 춥다며 붙어앉는 이들도 있다
　　내부 적정 온도에 어울리는 이들이 주요 고객이다
　　조금 싼 데가 생기면 옮길 거면서

　　오늘은 아는 사람과 마주치지 않기를
　　모든 사물과 사람들이 가진 양면성에 관해 생각한다
　　투명한 것과 없는 것을 혼동하지 않을 때까지

　　여름과 여름 사이의 시간이 부서진다
　　잔상과 전조가 먼지처럼 혼합된다
　　　　　　　　　　　　　　　　　　　　—「간절기」 전문

　잘 닦아놓은 유리창은 너무 투명해서 "없는 것처럼" 보인다. 그러나 "없는 것처럼" '보인다'고 하여 유리창이 없는 것은 아니다. 눈에 보이지 않지만 "새가 부딪혀 죽"고, "사람의 얼굴이 깨지기도" 하는 사고의 발생이 도리어 '없음'이 아닌 '있음'을 반증하는 것이니 말이다. 또한 유리창은 안과 밖을 나누는 선명한 경계로도 기능한다. "바깥 사람들은 상스럽게 부채질하며 말다툼하고" "안은 쾌적하지만 약간 춥다며 붙어앉는 이들"의 다름이 없다고 하기에는 명징한 유리창의 존재로 인해 구분 지어지는 것이다. "투명한 것과 없는 것을 혼동하지 않"으려는 '나'의 의지는 눈에 보이는 것이 다가 아니며 보이지 않는다고 해서 없는 것이 아 니기에 "모든 사물과 사람"에 대한 본질을 들여다보겠다는 것으로 이해할 수 있는데, 이는 다른 말로 "기표와 기의 구 별하기"(「저속」)를 분명히 하겠다는 뜻이기도 하다.

이를 증명하듯 '나'는 반의어, 유사어, 동의어 관계의 말 ("무의미와 의미" "최선과 차선" "인간과 사람", 「주말의 조건」)과 동음이의어 관계의 말("연가"(戀歌-年暇), 「연 가」/"미추"(尾椎-美醜), 「미추」)을 살피며 언어가 표상하 는 것이 아닌 그 안의 본질을 찾는다. 어느 때엔 "본질이란 게 있긴 할까" 의심하며 "너의 본질은 뭔지/자신다워지는 게 뭔지/자신이 꼭 있어야 하는지"를 되묻기도 하지만, 본 질에 대한 탐구를 멈출 수 없는 이유는 "네가 사랑하는 것 이 어디서 왔는지"(「올스파이스」) 알고 싶기 때문일 것이 다. 언어의 장막을 걷었을 때 조금도 헷갈리지 않고 알 수 있는 본질적인 것, 김이듬의 시적 주체가 궁극적으로 닿고 자 하는 기의는 사랑에 있다.

「사악한 천사의 시」에서 '나'는 말한다. "사랑이 뭘까 연 애를 환멸하지만 사랑은 궁금하다 교미를 사랑이라고 말하 는 이는 없지". 이 단어들은 언뜻 유사 관계에 놓여 있는 듯 하지만, 사실 전부 다른 의미를 갖는다. 교미라는 기표 안에 서는 사랑을 찾지 않아도 된다. 흔적조차 없는 경우가 다수 다. 연애는 어떤가. 그 안에서 사랑이라는 기의는 너무나도 쉽게 변질되고 얼룩진다. "환멸"에 가까워져 무엇도 찾고 싶지 않게 될 만큼. 그렇다면 정말로, 사랑은 뭘까.

사랑을 혼동하지 않을 정도로 분명히 알기 위해 '나'는 계속해서 묻고 궁금해한다. "사랑은 인류를 위협하고 통제하는 오래된 책일지 몰라.//읽어봤어?"(「폐가식(閉架式) 도서관에서」) 묻고, "사랑하는 대상을 가장 많이 생각하고 가장 많이 말하는 거라면/나는 너를 다섯 번 생각했다/이리하여 쓴다"(「후배에게」)고 나름의 정의를 내리기도 한다. 사랑의 본질이 무엇인지, 어떻게 그곳에 닿을 수 있는지, 아직은 잘 모르겠지만, 다만 이런 기대를 해보기 위해 사랑의 정체에 대한 탐구를 계속한다. "어쩌면 삶에 의미가 있을지도 몰라"(「후배에게」), "어쩌면 삶에 의미가 있을 수도 있겠다"(「폐가식(閉架式) 도서관에서」).

한 사람의 삶 전체에 의미를 부여하고 계속 살아나가게 하는 무언가가 사랑일 수 있을 거란 낙관적인 믿음은 어쩌면 이 시대에 어울리지 않는 것일 수도 있다. 하지만 그것마저 없다면, 본질 따위는 중요하지 않아 발생하는 사건 사고들 속에서 무엇으로 '나'의 실존을 회복할 수 있으며, 더 나은 내일을 기대할 수 있을까. 김이듬의 시는 아직 쓰이지 않은 사랑의 본질을 향해간다. 한 사람을 살게 하는 어떤 것이 사랑이라면, 『투명한 것과 없는 것』에서 건져올릴 수 있는 사랑이란 이런 것이다. "어떻게 이럴 수 있는지/스스로 의아할 정도로" 깊은 잠에 빠져들었던 타인의 침대(「필균의 침대」), "네가 사는 것도 좋아하면 좋겠다"(「후배에게」)는 바람, 그리고 "자살 충동의 쓰나미를 보류"하게 하는 "시"(「사악한 천사의 시」) 같은 것.

사랑의 본질에 대한 시인의 탐구는 한동안 계속될 것이다. 적어도 그가 시를 쓰는 동안에는. 죽고 싶은 마음은 씀으로 잠재울 수 있고, 쓰다보면 또 사랑에 대해 묻게 될 테니까. "대표작"을 묻는 독자의 질문에 "제 대표작은 아직 못 썼습니다. 내일이나 모레 쓸 예정이에요"(「내일 쓸 시」)라고 답하였듯, 지연되는 시간 속에 그가 찾는 사랑이 있다. 그렇기에 김이듬의 시는 내일로 복행(復行)한다. 지금은 이 도시를 사랑할 수 없어서, 오늘은 그 의미를 알지 못해서, 반복되는 내일을 향해 다시금 날개를 편다.

김이듬　2001년『포에지』를 통해 작품활동을 시작했다. 시집『별 모양의 얼룩』『명랑하라 팜 파탈』『말할 수 없는 애인』『베를린, 달렘의 노래』『히스테리아』『표류하는 흑발』『마르지 않은 티셔츠를 입고』가 있다. 시와세계작품상, 김달진창원문학상, 22세기시인작품상, 2014올해의좋은시상, 김춘수시문학상 등을 수상했다.『히스테리아』의 영미 번역본이 전미번역상과 루시엔스트릭번역상을 동시 수상했다.

문학동네시인선 204
투명한 것과 없는 것
ⓒ 김이듬 2023

1판 1쇄 2023년 11월 14일
1판 4쇄 2024년 9월 9일

지은이 | 김이듬
책임편집 | 김수아 편집 | 정민교 정은진
디자인 | 수류산방(樹流山房) 본문 디자인 | 유현아
저작권 | 박지영 형소진 최은진 오서영
마케팅 | 정민호 서지화 한민아 이민경 왕지경 정경주 김수인 김혜원 김하연
        김예진
브랜딩 | 함유지 함근아 박민재 김희숙 이송이 박다솔 조다현 정승민 배진성
제작 | 강신은 김동욱 이순호
제작처 | 영신사

펴낸곳 | (주)문학동네
펴낸이 | 김소영
출판등록 | 1993년 10월 22일 제2003-000045호
주소 | 10881 경기도 파주시 회동길 210
전자우편 | editor@munhak.com
대표전화 | 031) 955-8888 팩스 | 031) 955-8855
문의전화 | 031) 955-3576(마케팅), 031) 955-2653(편집)
문학동네카페 | http://cafe.naver.com/mhdn
인스타그램 | @munhakdongne 트위터 | @munhakdongne
북클럽문학동네 | http://bookclubmunhak.com

ISBN 978-89-546-9650-0 03810

www.munhak.com
문학동네